열일곱,
외로움을
견디는 나이

아름다운 청소년 ❾

열일곱, 외로움을 견디는 나이

초판 1쇄 인쇄 2013년 7월 19일 | 초판 2쇄 발행 2014년 8월 25일
지은이 어슐러 K. 르 귄 | **옮긴이** 이재경 | **펴낸이** 방일권 | **펴낸곳** 별숲
출판등록 2010년 6월 17일 제398-251002010000017호
주소 경기도 구리시 체육관로 137-8, 607호 (교문동, 구리미래타워)
전화 031-563-7980 | **팩스** 02-6209-7980 | **전자우편** everlys@naver.com

ISBN 978-89-97798-12-4 44840
ISBN 978-89-965755-0-4 (세트)

이 도서의 국립중앙도서관 출판시도서목록(CIP)은 서지정보유통지원시스템 홈페이지(http://seoji.nl.go.kr)와
국가자료공동목록시스템(http://www.nl.go.kr/kolisnet)에서 이용하실 수 있습니다.(CIP제어번호 : CIP2013011981)

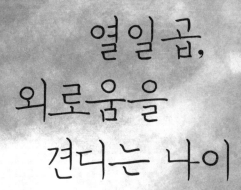

열일곱,
외로움을
견디는 나이

어슐러 K. 르 귄 장편소설 | **이재경** 옮김

별숲

우리는 골칫거리나 부모나 자동차나 미래의 포부는 이야기하지 않았다. 우리는 인생 이야기를 했다……. 그리고 우리 앞에 바다가 있었다. 바다가 불과 12미터 앞에 있었다. 바다는 계속 다가왔다. 그 바다 위에 하늘이 있었다. 하늘에서 해가 내려오고 있었다. 그리고 추웠다. 그 순간이 내 인생의 절정이었다.

전에도 절정은 있었다.

언젠가 가을밤에 비를 맞으며 공원을 걸을 때.

언젠가 사막에 갔을 때. 그래서 내가 별들 아래서 자전하는 지구가 되었을 때. 때때로 생각에 잠길 때. 생각 끝에 결론에 이를 때.

나는 늘 혼자였다. 나 밖에 없었다.

하지만 이번에는 혼자가 아니었다.

나는 친구와 높은 산 위에 있었다. 어느 것도 그보다 좋을 수는 없다. 그 어느 것도. 그런 순간이 내 인생에 두 번 다시 오지 않는다 해도, 적어도 내게 그런 순간이 있었다고 말할 수는 있다.

혹시 내게서 학교 농구팀 주전이 된 얘기라든지, 명성과 사랑과 부를 거머쥔 얘기 따위를 듣고 싶은 건가? 그런 거라면 이 책을 읽을 필요가 없다. 지금부터 나는 지난 6개월을 되짚어 볼 예정이다. 그 6개월 동안 내가 무엇을 달성했는지는 나도 모른다. 무언가 얻기는 했다. 하지만 그게 무엇인지 아는 데는 남은 평생이 다 걸릴지도 모른다.

나는 운동 종목을 막론하고 학교 대표 선수로 뽑힌 적이 없다. 꼬마 때는 터치풋볼을 정말 좋아했다. 작전 짜는 게 너무 좋았다. 하지만 나이에 비해 키가 작아서 요리조리 빠져나가는 것은 잘해도, 달리기가 느렸다. 그러다 고등학교에 들어갔더니 모든 게 너무나 조직적으로 움직였다. 원하는 팀에 지원하고, 유니폼 입고, 기타 등등. 그리고 사람들은 쉴 새 없이 스포츠 얘기를 한다. 하지만 스포츠는 몸으로 할 때나 좋은 거지 말로 떠드는 건 재미없다. 어쨌거나 이 책에는 스포츠 얘기도 별로 안 나온다.

나는 테이프녹음기에 대고 말하고 나중에 타자를 쳐서 옮기는 식으로 이 글을 쓰고 있다. 직접 쓰는 것도 시도해 보았는데, 말이 하도 엉기고 딱딱해져서 그만두고 대신 이 방법을 쓰기로 했다. 내 이름은 오언 토마스 그리피스다. 작년 11월에 만으로 열일곱 살이 됐다. 키는 170.2센티미터다. 아직도 나이에 비해 작은 편이다. 나는 마흔다섯 살이 돼도 나이에 비해 작을 거다. 그게 어디 가겠는가? 열두 살이나 열세 살 때는 키가 작은 것이 엄청 신경 쓰였다. 하긴 그때는 다른 아이들에 비해 작아도 많이 작았다. 말 그대로 새우였다. 그러다 열다섯 살 때 8개월 새에 20센티미터나 자랐다. 그렇게 자라는 동안 기분이 무진장 끔찍했다. 무릎이 대나무 가시에 찔리는 것처럼 쑤셨다. 하지만 그 기간이 지나자 전에 비하면 거인이 돼 있었다. 썩 맘에 드는 키는 아니었지만 그 정도 자란 것도 감지덕지였다. 나는 중간 정도로 탄탄한 체격이고, 칙칙한 회색 눈에 머리숱이 많다. 머리는 곱슬인데, 짧게 자르든 길게 기르든 항상 사방팔방으로 뻗친다. 아침마다 헤어브러시로 죽어라 빗어 보지만 소용없다. 나는 그런 내 머리가 마음에 든다. 강단이 끝내주니까. 하지만 물론 내 머리 얘기나 하자고 이 책을 시작한 것도 아니다.

나는 항상 반에서 가장 어리다. 집에서도 가장 어리다. 외동아이니까. 내가 어렸을 때 하도 똘똘해서 부모가 학교에 일찍 집어넣었다. 나는 옛날부터 나이에 비해 똑똑했다. 또 아는가? 마흔다섯 살에도 나이에 비해 똑똑할지? 내가 이 책을 통해 얘기하려는 것은 사실 이런 것이다. 똑똑한 부적응자로 사는 것이 어떤 기분인지.

알다시피 6학년 정도까지는 괜찮다. 똑똑하다고 뭐라는 사람은 없다. 나도 불만 있을 이유가 없다. 선생님들도 대개는 똑똑한 아이에게 잘해 준다. 왜냐, 가르치기 쉬우니까. 어떤 선생님들은 대놓고 귀여워하면서, 다른 아이들에게는 안 주는 예쁜 책도 준다. 간혹 똘똘한 아이를 싫어하는 선생님도 있긴 하다. 하지만 소위 '문제아'들과 씨름하기도 바빠서, 다른 애들보다 산수와 읽기를 잘한다는 이유만으로 가만있는 애를 구박하지는 않는다. 게다가 똑똑한 애가 나 혼자만도 아니다. 특히 여자애들 중에는 나만큼 똑똑한, 아니 나보다 똑똑한 애들이 수두룩하다. 똑똑한 애들은 학예회 연극 대본을 쓰고 선생님의 사무를 돕는다. 그리고 어린애들이 잔인하다고는 하지만, 다 큰 인간들의 잔인함에 대면 아무것도 아니다. 아이들은 그저 멍청할 뿐이다. 그 점은 공부 잘하는 애들이나 못하는 애들이나 마찬가지다. 아이들은 원래가 멍청한 짓을 하는 존재다. 아이들은 생각나는 대로 말한다. 아이들은 아직 배운 게 없어서 자기 생각과 다른 말을 할 줄 모른다. 그런 능력은 나중에 생긴다. 아이가 인간으로 변하기 시작할 때, 그래서 자신이 혼자라는 것을 깨닫게 될 때.

자신이 혼자라는 것을 깨닫게 되면 사람들은 대개 공황 상태에 빠진다. 극단에서 극단으로 치닫고 무리를 찾아 허둥지둥 돌진한다. 클럽, 팀, 동호회 등등 종류를 가리지 않는다. 그리고 갑자기 남들과 똑같이 입기 시작한다. 혼자 튀지 않으려는 방편이다. 청바지에 구멍을 내고 패치를 대는 방식이 갑자기 이루 말할 수 없이 중요해진다. 조금이라도 잘못했다간 주류에서 벗어난다. 주류에 따라야 한다. 별난 표현이다. 안 그런가? 주류를 따른다. 주류가 뭔데? 사람들. 남들. 다함께. 머릿수로 밀어붙이는 것. '나'는 내가 아니다. 나는 농구팀 선수고, 인기 많은 아이고, 내 친구의 친구다. 나는 혼다 자동차에 올라탄 검정 가죽 무더기다. 나는 멤버다. 나는 십대다. '나'는 보이지 않는다. 보이는 것은 '우리'뿐이다. '우리'로 있어야 안전하다.

만약 덜렁 혼자 서 있다가 '우리'의 눈에 띄게 되면? 우리가 무시하고 지나가 주면 그나마 운이 좋은 거다. 운이 없으면 우리에게 돌을 맞을 수도 있다. 우리는 잘못 기운 청바지를 입고 혼자 서 있는 인간을 혐오한다. 그런 행동은 사람은 결국 각자이고 혼자이며 우리 중 누구도 안전하지 않다는 것을 상기시킨다. '우리'는 그런 인간을 혐오한다.

나는 노력했다. 정말로 노력했다. 하도 노력해서 그 생각만 하면 신물이 넘어올 정도다. 일단, 아이들 사이에 매사에 기준이 되는 빌 이볼드와 똑같은 모양으로 청바지를 기웠다. 그리고 농구 스코어 얘기를 했다. 한 학기 동안 학교 신문부에서 일하기도 했다. 그나마 내가 낄 수 있었던 무리는 그거 하나였다. 하지만 그중 어떤 것도 효과가 없었다. 이유는 나도 모르겠다. 가끔은 이런 생각이 든다. 혹시 내성적인 인간들에게서 특정 냄새가 나는 걸까? 외향적인 인간들만 감지할 수 있는 냄새가?

아이들 중에는 원래부터 마음 속에 '나'가 별로 없는 아이들이 있다. 그런 아이들은 '무리의 일부'로 타고났다. 하지만 대다수는 나처럼 그저 시늉을 한다. 그런 아이들의 진심은 무리에 있지 않다. 그래도 나름 적응하며 산다. 그럭저럭 버틴다. 나도 그랬으면 좋겠다. 정말이지 나도 위선을 잘 떨었으면 좋겠다. 위선 떤다고 누굴 해치는 것도 아니고, 또 그래야 확실히 인생이 편해진다. 하지만 나는 아무도 속이지 못했다. 다들 내가 그들이 흥미 있는 것에 흥미 없다는 것을 눈치챘고, 그 이유로 나를 경멸했다. 그리고 나는 나를 경멸하는 이유로 그들을 경멸했다. 따라올 노력조차 하지 않는 아이들도 함께 경멸했다. 중3 때, 이를 닦는 법이 없고 학교에 허연색 양복 윗도리를 입고 오는 키 큰 애가 있었다. 녀석은 나와 친해지고 싶어 했다. 마땅히 뿌듯할 일이었다. 나와 친구 하고 싶어 하는 애는 그동안 한 명도 없었다. 그런데 이 녀석은 입만 열면 누구는 이래서 따분하고 누구는 저래서 꼴통이라는 소리만 했다. 나도 내용에는 동감했지만 노상 그런 얘기만 하고 싶지는 않았다. 나는 녀석의 우월 의식을 경멸했다. 결과적으로 나는 모두를 경멸하는 나 자신을 경멸했다. 아주 깔끔한 상황이 아닐 수 없다. 겪어 본 사람이라면 내 말이 무슨 뜻인지 알 거다.

튀지 않으려 용쓰는 마당에, 나는 과목마다 A 학점을 받는 것도 달갑지 않았다. 그 문제는 항상 체육이 해결해 주었다. 나는 체육을 그냥저냥 중간은 했지만, 체육 선생인 소프 선생이 싫어서 자주 빼먹는 바람에 D 학점을 받았다.

"그리피스, 네 녀석이 키츠와 셸리* 나부랭이에 빠져 있는 시간의 반의반만큼이라도 여기에 투자하면 적어도 농구가 어떻게 돌아가는 운동인지는 알 거다."

허구한 날 그놈의 키츠와 셸리 타령. 소프 선생이 나 말고 다른 애한테도 토씨 하나 안 틀리고 같은 소리를 하는 걸 적어도 두 번은 들었다. 소프 선생은 진심 어린 혐오를 담아 이를 갈며 발음했다. 킷쓰와 쎌리. 하지만 나한테는 해당 사항 없는 멍청한 말이었다. 내가 잘하는 것은 수학과 과학이었다. 하지만 체육 선생이 싫어하니까 오히려 궁금증이 일어 1학년 영문학 교재에 있는 키츠의 〈나이팅게일에게 바치는 노래〉를 다시 읽었다. 셸리의 시는 교재로 받은 게 없어서 시립도서관에 가서 셸리 시집을 찾아 읽었고, 나중에 헌책방에서 한 권

* 영국 낭만주의를 대표하는 시인들.

샀다. 결과적으로 농구 가르치는 소프 선생이 나를 셸리의 시극 〈사슬에서 풀린 프로메테우스〉에 눈뜨게 한 거다. 사실 고마운 일이었다. 물론 고맙다고 3교시 체육 시간이 덜 괴로운 것은 아니었다.

하지만 중요한 것은 이거다. 나는 선생님한테 한 번도 말대답을 하지 않았다. 나는 입도 뻥긋하지 않았다. 이렇게 말할 수도 있었다.

"소프 선생님, 제가 키츠와 셸리에 빠져 있든, 사인과 코사인에 빠져 있든 신경 끄시고 하던 대로 농구공 나부랭이나 계속 튀기시죠, 네?"

다른 애들 같으면 그러고도 남았다. 중1 때 수학 시간에 어떤 조그만 흑인 여자애가 선생님한테 대드는 걸 들은 적이 있다.

"내 리포트에 손대지 말아요. 내가 한 방식이 마음에 안 들면 그냥 관두면 될 거 아니야!"

숫제 싸우자는 투였다. 거기다 그 선생님은 그런 말을 들을 이유가 없었다. 선생님은 그 애에게 수학을 가르치러 했던 죄밖에 없다. 그런데도 그 애는 싸우자고 들었다. 그것은 용기였다. 난 그 용기가 부러웠다. 지금도 부럽다. 하지만 난 그러지 못한다. 내게는 그런 용기가 없다. 나는 싸움을 거는 타입이 못 된다.

나는 그냥 서서 참기만 한다. 도망칠 수 있을 때까지. 그러다 도망친다.

때로는 그냥 서서 참기만 하는 게 아니라, 비실비실 웃으며 미안하다고까지 한다.

그런 실없는 웃음이 얼굴에 깔리는 게 느껴질 때마다 나는 내 얼굴을 잡아 뜯어서 발로 밟아 버리고 싶다.

그날은 내 열일곱 살 생일에서 닷새 후였다. 그러니까 11월 25일 화요일이었다. 비가 왔다. 학교 수업이 끝나고 나오니까 비가 억수같이 오고 있었다. 그래서 버스를 탔다. 버스에 빈자리가 딱 하나 있었다. 나는 거기에 앉았다. 옷깃이 뒤통수에 닿지 않게 목을 쭉 뺐다. 버스 정류장에서 기다리는 동안 비에 젖은 옷깃이 목에 척척 들러붙어서 마치 저승사자의 손에 목덜미를 잡힌 느낌이었다. 버스에 앉아 있으니 죄책감이 들었다. 버스를 탄 죄책감.

버스를 탄 데 대한 죄책감. 버스를 탔다는 죄책감. 어려서 나쁜 점은 많지만 그중에서도 나쁜 건 사소한 것에 목매는 거다.

내가 버스를 탄 것에 죄책감을 느낀 이유는 다음과 같다. 아까 말했듯 닷새 전이 내 생일이었다. 생일을 기념해 아버지가 선물을 주었다. 정말 끝내주는 선물이었다. 믿지 못할 선물이었다. 그 선물을 마련하려고 아버지는 말 그대로 몇 년을 별러서 돈을 모았을 거다. 내가 학교에서 돌아왔을 때 선물이 보란 듯이 나를 기다리고 있었다. 아버지가 선물을 집 앞에 딱 세워 놓았다. 하지만 나는 얼른 알아보지 못했다. 아버지가 계속 힌트를 날렸지만 나는 눈치채지 못했다. 결국 아버지가 나를 데리고 밖으로 나와 보여 주었다. 내게 열쇠를 넘겨줄 때, 아버지 얼굴이 뿌듯함과 기쁨으로 금방이라도 울 것처럼 일그러졌다.

눈치챘겠지만 선물은 자동차였다. 차종까지는 말하지 않겠다. 안 그래도 세상엔 자동차 광고가 넘쳐 나니까. 새 차였다. 시계, 라디오 등 모든 옵션을 갖추고 있었다. 아버지가 나한테 옵션을 일일이 일러 주는 데도 한 시간이나 걸렸다.

나는 운전은 이미 배웠다. 운전면허도 10월에 땄다. 차가 있으면 급한 일이 생겼을 때 유용할 것 같았다. 엄마 심부름으로 어디 갈 때도 혼자 알아서 바로 출발할 수 있었다. 엄마도 차가 있었고, 아버지도 차가 있었다. 이제 나도 차가 생겼다. 세 식구. 차 세 대. 그런데 문제는 내가 차를 원하지 않는 다는 거였다.

그 차를 사는 데 얼마나 들었을까? 물어보지는 않았지만 적어도 3천 달러는 들었을 거다. 아버지는 공인회계사다. 우 리 가족은 필요 없는 물건에 그런 돈을 턱턱 쓸 만큼 넉넉하지 는 않다. 그 돈이면, 등록금은 장학금으로 충당한다는 가정 아래 내가 MIT*에 들어가서 1년을 지낼 돈이었다. 아버지가 반짝거리는 자동차 문을 열기도 전에 내 머릿속에는 이런 생 각이 딱 들었다.

'그 돈을 차라리 은행에 넣어 두면 좋잖아. 물론 내가 차를 도로 팔 수 있겠지. 빨리만 팔면 크게 밑지지 않고 되팔 수 있 을 거야.'

그런데 아버지가 내 손에 차 열쇠를 쥐여 주며 말했다.

"아들아, 네 차다!"

그러는 아버지 얼굴이 아까처럼 또 울컥 일그러졌다. 그래서 나는 그냥 웃었다. 그랬던 것 같다.

내 표정이 아버지에게 먹혔을지는 의문이다. 먹혔다면 내가

* 매사추세츠 공과대학교(Massachusetts Institute of Technology).

생전 처음으로 누굴 속이는 데 성공한 셈이다. 하지만 어쩐지 성공한 것 같다. 그때 아버지는 죽어라 속고 싶은 사람이었으니까. 내가 기쁘고 고마워서 어쩔 줄 모른다고 믿고 싶었을 테니까. 말해 놓고 보니 아버지를 조롱하는 것처럼 들린다. 하지만 그런 의도로 말한 것은 아니다.

당연히 아버지와 나는 당장 차를 몰고 나갔다. 내가 공원까지 운전했고 돌아올 때는 아버지가 운전했다. 아버지는 운전대를 잡아 보고 싶어 안달이었다. 뭐 거기까지도 좋았다. 문제는 월요일에 내가 학교에 새 차를 끌고 가지 않았다는 것을 아버지가 알았을 때였다. 학교에 차 안 가져갔니? 왜?

나는 이유를 댈 수 없었다. 나 자신도 이유를 잘 몰랐다. 내가 차를 학교에 몰고 가서 그걸 학교 주차장에 주차해 놓으면, 내가 항복하는 셈이었다. 내가 그걸 소유하고, 그게 나를 소유하는 셈이었다. 나는 각종 옵션이 달린 새 차의 주인이 되는 것이었다. 학교에서 사람들이 "끝내주는데. 우와, 저것 봐. 그리피스 대단해!"라고 했을 거다. 일부는 비웃었겠지만 진심으로 부러워하는 애들도 있었을 거다. 차 자체를 부러워하거나 아니면 그런 걸 가질 수 있는 내 행운을 부러워하거나. 내가 견딜 수 없었던 것은 바로 그거였다. 나도 내가 어떤 놈인지 잘 몰랐지만 한 가지는 확실했다. 나는 마이카족 타입이 아니라는 거였다. 나는 걸어서 통학하는 뚜벅이가 어울렸다. (집에서 학교까지는 최단 거리로 4.3킬로미터다.) 나는 운동 삼아 걷는 것도 좋고 무엇보다 도시의 거리들이 좋다. 보도, 빌딩들, 지나가는 사람들. 나는 그런 게 좋다. 앞차 꽁무니의 브레이크 등만 쳐다보고 다니는 것보다는 그게 훨씬 낫다.

어쨌든 나는 거기까지로 선을 그었다. 그리고 처음에는 그 선을 감추기 위해 교묘히 노력했다. 토요일에 차로 엄마 심부름을 다녔고, 일요일에는 자청해서 '내 새 차'에 부모님을 태우고 시골로 드라이브를 갔다. 하지만 월요일 저녁에 그 선이 아버지 눈에 드러났다. 학교에 차 안 가져갔니? 왜?

이런 이유로 내가 화요일에 버스를 타고 죄책감을 느꼈던 거다. 전날 나는 아버지에게 잔뜩 설명을 늘어놨다. 나는 걷는 게 좋다. 의사들도 걷는 것만큼 좋은 운동도 없다고 하더라. 그래 놓고 나는 심지어 걷고 있지도 않았다. 버스를 타고 있었다. 버스 요금 25센트를 내고서. 흰 테를 두른 스틸 벨트 레이디얼 타이어를 장착한 3천 달러짜리 자동차는 집 앞에 세워 놓고. 하필 차는 우리 집 앞, 내가 버스 내리는 지점에 딱 있었다.

나는 버스 창밖으로 바깥을 확인했다. 걸어갈 수 없을 정도로 비가 심하게 왔다. 그 사실이 중요했다. 비가 얼마나 세게 오는지, 차창이 올록볼록한 유리처럼 보일 정도였다. 하지만 그 사실만으로는 죄책감을 다스리는 데 별로 도움이 되지 못한다. 저녁 때 아버지의 입에서 나올 말이 귀에 들리는 것 같았다. '학교에 차 안 가져갔니? 왜?' 그 생각에 진저리가 쳐졌다. 진저리를 치는 와중에, 내 옆 창가 자리에 앉은 사람이 같은 학교 학생이라는 것을 알았다. 내가 "어, 안녕." 하자, 그 여학생도 "안녕." 했다. 괜히 아는 사람이 옆에 앉아서 신경 쓰이게 됐다는 생각이 들었다.

필드 가족은 우리 집에서 두 블록 위에 살았다. 이웃으로 산 지 2년 정도 됐다. 그리고 나탈리와는 1, 2학년 때 몇 과목 같이 들었다. 나탈리는 머리가 검고 길었다. 조용해서 주변에 있는지도 모르는 애였다. 그리고 뭐였더라, 음악과 관련된 공부를 했다. 그게 그때까지 내가 나탈리 필드에 대해 아는 전부였다. 예쁘게 생긴 애였다. 하지만 나는 웬만한 여자애는 다 예쁘다고 생각하니까 내 눈은 믿을 수 없다. 나탈리가 통통한 편이고 뚱한 인상이어서 사람들 눈에는 예뻐 보이지 않을 수도 있었다. 하지만 난 나탈리가 예쁘다고 생각했다. 그 애가 남들을 의식하지 않으니까 남들도 그 애를 알아보지 못한 것뿐이었다. 하지만 이번에 나는 그 애를 알아보았다. 그 애가 나를 의식했기 때문이다. 나를 의식하지 않을 수가 없었다. 그 애 무릎 위로 비에 흠뻑 젖은 내 배낭 뚜껑에서 빗물이 뚝뚝 떨어지고 있었으니까. 나는 배낭을 옮겼다. 이제는 빗물이 내 허벅지를 적셨다. 내가 말했다.

"미안, 동맥이 절단돼서 그래. 별거 아냐. 금방 멈출 거야."

지금 생각하면 내가 이렇게 말한 게 아무리 생각해도 신기하다. 보통의 경우라면 "미안." 하고 우물거리고, 배낭을 옮기고, 그걸로 끝이었을 거다. 내 생각에 그때 내가 나 자신한테 너무 넌더리 나서, 차 때문에 죄책감 느끼고 화나고 외로운 게 싫어서, 그리고 열여섯 살 때보다 나아지는 게 하나도 없는데 열일곱 살이 되는 게 무슨 의미가 있는지 몰라서, 그리고 그 밖의 다른 이유들 때문에, 좀 맛이 갔던 것 같다. 어떻게든 난 탈출구가 필요했다! 잘 모르는 여자애 앞에서 바보짓을 해서라도. 아니면 그 애에게 내 말문을 여는 힘이 있었든지. 못하던 말을 하게 하는 힘. 원래 만날 인연이었던 사람들이 만나면, 알지 않고도 그냥 아는 법일까? 나도 모르겠다.

나탈리가 웃었다. 진짜 웃었다. 깜짝 놀랐을 때나 간지럼

탈 때처럼 웃었다. 그래서 나는 계속 말했다.

"대퇴부 동맥이면 칠 초, 아니면 십오 초야. 둘 중에 뭐였는지는 까먹었어."

"뭐가?"

"과다 출혈로 죽는 거. 쩩."

나는 버스 좌석에 앉은 채로 축 늘어지며 조용히 죽었다. 그랬다가 다시 똑바로 앉아서 말했다.

"앗 차거, 내 옷깃이 젖었어. 얼음주머니 같아."

"네 머리가 온통 젖어서 그래. 머리에서 옷깃으로 물이 떨어지고 있어."

"내가 원래 떨거지야."

내가 진심을 담아 말했다.

"있잖아. 세노티 선생님 역사 수업 듣니? 그 선생님 괜찮아?"

나탈리가 물었다.

"괜찮아. 땍땍거려. 성질 더러워. 애들이 자꾸 스노티* 선생이라고 놀리다 보니 그렇게 됐어. 선생님 잘못이 아냐."

* snotty, 코흘리개라는 뜻.

"나는 사회학 과목도 이수해야 해. 그래서 전혀 빡세지 않은 선생님이 필요해."

"그럼 스노티 선생님 수업 듣지 마. 브리벡 선생님 수업 들어. 그 선생님은 영화만 보여 줘."

"벌써 들어 봤어. 그래서 중간에 그만둔 거야. 아, 모르겠다. 쳇!"

나탈리는 정말로 "쳇!"이라고 했다. 글자 그대로 발음했다. 다만 사납게.

"나는 점수 따기 쉬운 과목은 싫어. 하지만 지금은 잘 가르치는 선생님 수업 들으면서 열심히 공부할 시간이 없어."

나탈리가 말했다.

나한테 하는 말이라기보다는 혼잣말이었다. 하지만 나는 귀가 쫑긋 섰다. 유치원까지 합쳐서 학창 생활 12년 만에 점수 따기 쉬운 과목이 싫다는 인간은 처음이었다.

"왜 시간이 없는데? 대퇴부 동맥이 끊어졌어? 너무 허둥대지 마. 십오 초 남았을 수도 있잖아."

내가 물었다.

나탈리가 또 웃었다. 그리고 나를 바라보았다. 잠깐이었지만 나탈리가 나를 바라보았다. 나를 보았다. 자신이 어떻게 비치는지 알기 위해서 나를 보는 것이 아니었다. 그 애는 내가 어떻게 생겨 먹었는지 알기 위해서 나를 보고 있었다. 내 경험상 흔치 않은 일이었다.

그 와중에 나는 이런 인상을 받았다. 사람들이 이 여자애에게 웃긴 소리를 하는 일이 별로 없구나. 나탈리는 까부는 말에 익숙하지 않았다. 하지만 좋아했다. 신기한 것은 나도 까부는 데 별로 익숙하지 않다는 거다. 나는 친하지 않은 사람들 앞에서는 완전히 꿀 먹은 벙어리가 되거나, 아니면 대화의 진전을 원천 봉쇄하는 극도로 심각한 말만 내뱉었다. 그리고 나와 친한 사람들이라야 부모님과 마이크 라인하르트와 제이슨 소어가 다였다. 하지만 난 남자다. 그리고 내가 알기로 내 나이 때 남자들은 까부는 게 거의 본능적 행동이다. 여자애들도 웃기면 웃기는 한다. 하지만 여자애들은 근본적으로 심각한 동물이다. 반면 사내놈들은 난동 피우고 까불고 모든 걸 우스갯거리로 취급한다. 나한테 친구를 꼽으라면 그나마 마이크와 제이슨인데, 그 녀석들과 나의 관계도 결국은 찧고 까부는 관계였다. 그런 관계의 관건은 어떤 경우에도 진지함을 배제하는 거였다. 스포츠 경기 스코어 얘기할 때만 빼고. 우리의 주요 화제 중 하나는 섹스였다. 하지만 우리는 섹스 얘기도 심각하지 않게, 더러운 농담이나 엽기적인 얘기 위주로 했다. 이때 스스로를 엔지니어에, 여자들은 부품 교환이 가능한 기계에 빗댄 기술 용어를 많이 활용했다. 나는 더러운 농담에는 능한 편이었지만, 내 엔지니어링 어휘력은 신통치 않았다.

까놓고 말하겠다. 나는 열다섯 살 때까지도 '여자와 건수 올리다'가 정확히 무슨 뜻인지 몰랐다. 그저 여자랑 데이트 나가서 영화를 보거나 파티에 가는 걸로만 생각했다. 성교육 지식에서는 남 못지않았지만 그런 지식과 저런 문장을 연결 짓지 못했다. 그래서 나보다 신체 발육 면에서 훨씬 앞서 있던 마이크 녀석이 드디어 여자애와 건수 올렸다고 자랑했을 때 나는 "그랬어? 뭐 했는데?"라고 물었다. 그러자 녀석이 한심하다는 얼굴로 나를 보면서 "뭐 했을 것 같으냐?"라고 했다. 살면서 그때처럼 민망한 적도 없었다. 테이프녹음기에 대고 이 말을 하는 지금도 얼굴이 화끈거린다. 마이크 녀석은 내가 "뭐 했는데?"라고 물었다는 얘기를 다른 놈들에게도 떠들고 다녔다. 놀려 먹기에 딱 좋은 일이기는 했다. 하지만 아이들도 결국은 그 일을 잊었고, 나는 나대로 더러운 농담을 갈고 닦아서 마이크와 제이슨에게 꿀리지 않게 됐다. 덕분에 학교에서 혼자 점심 먹는 신세는 면했다.

하지만 유머와 진지함 관련해서 한 가지 더 짚고 넘어갈 게 있다. 아까 말한 남녀 차이가 꼭 평생 가란 법은 없다. 가끔 보면 나이 든 여자들이 세상에서 제일 웃기다. 그리고 나이 든 남자들은 죽어라 근엄해지기 일쑤다. 우리 아버지만 봐도 유머 감각이라고는 한 톨도 남아 있지 않다. 아버지가 자상한 분이긴 하지만, 어떤 일에도 재미있어 하는 법이 없다. 반면 우리 엄마는 부엌에서 베벌리 아줌마와 숨넘어가게 웃곤 한다. 급기야 술 취한 사람들처럼 비틀거리고 헐떡대기까지 한다. 베벌리 아줌마의 굼뜬 실수 얘기로 그렇게 웃는 거였다. 엄마와 아줌마가 부엌에서 떠드는 소리만 듣고 있어도 웃음이 절로 났다. 아무 이유 없이. 그냥 흐뭇해서.

그건 그렇고, 하던 얘기로 돌아가자. 나탈리가 내 썰렁한 농담에 그렇게 웃는 걸 보고 나는 기분이 째졌다. 그래서 내친 김에 계속했다.

"아무래도 너한테 필요한 건 아스피린 두 알이랑 지혈대 같아. 내일 나한테 다리를 가져와. 우리 집에 다리가 세 개뿐인 켄타우로스*가 있는데 이식이 필요해."

* 그리스신화에 나오는 반은 사람이고 반은 말인 괴물.

주절주절. 썰렁하기 짝이 없었다. 하지만 나탈리는 계속 웃었다. 그러다 웃길 밑천이 다 떨어졌다. 그래서 물었다.

"시간이 없다는 건 무슨 말이야? 너 일해?"

"아이들에게 레슨 해."

나탈리가 어떤 악기를 연주하는지는 기억나지 않았다. 하지만 물어보면 못나 보일 것 같았다.

"재미있어?"

나탈리는 어깨를 으쓱하고 이마를 찡그렸다.

"음, 그냥. 음악이니까."

사람들이 '음, 그냥. 밥벌이니까.'라고 말할 때 같은 말투였다. 하지만 속뜻은 달랐다.

"하고 싶은 게 그거야? 음악 선생님?"

"아니. 선생님은 아니고, 그냥 음악만."

나탈리가 아까의 '쳇!'과 똑같은 투로 말했다.

말투가 워낙 맹렬해서 꼭 타잔이 말하는 것 같았다. 하지만 나한테 일부러 그러는 것은 아니었다. 나탈리는 목소리가 좋았다. 맑고 부드러웠다. 다만 목소리 안에 특유의 맹렬함이 있었다. 나는 원숭이 흉내에 돌입했다.

"선생은 필요 없어, 끽끽. 선생을 죽이자, 끽끽. 좋은 선생,

냠냠. 선생은 필요 없어. 배불러. 선생으로 배불러."

그러자 나탈리가 "맛없는 선생. 가시밖에 없어!"라고 했다.

통로 건너편에 앉은 남자가 '시베리아 정치범 수용소로 꺼져 버려라.'라는 표정으로 우리를 흘겼다. 그런 표정은 당하는 사람들 간에 없던 유대도 만든다.

"너는 뭐가 되고 싶은데?"

나탈리가 물었다.

"끽끽. 프로페셔널 고릴라. 지금 가정 시간에 털 손질 상급 코스를 듣고 있어."

나는 배낭을 다듬고 이를 깔끔하게 잡는 시범을 보였다. 그런 다음 "나는 선생님이 될 거야."라고 말했다. 이 말은 왠지 원숭이 흉내보다도 웃겼고, 우리 둘 다 배꼽 잡았다.

"정말이야?"

나탈리가 물었다.

"아니. 모르겠어. 아마. 뭐라도 되겠지. 대학을 어디로 가느 냐에 달려 있겠지."

"어디로 가고 싶은데?"

"MIT."

"텍사스…… 정신…… 병원*?"

28

"매사추세츠 공과대학교. 아니면 칼텍**. 과학. 실험실. 실험실이 지천으로 깔린 곳. 실험용 쥐떼. 실험 가운을 입고 게걸음으로 우주의 비밀에 살금살금 접근하는 사람들. 프랑켄슈타인의 괴물. 뭐 그런 거."

"그래."

나탈리가 말했다. 무슨 말이냐는 투도, 이해 못하고 맞장구만 치는 투도 아니었다. 놀리는 투도, 귓등으로 흘리는 투도 아니었다. 그 애는 확고하게 말했다. 바로 그거야. 그래.

"멋지다."

나탈리가 말했다.

"비싸기도 해."

"음, 그거야 뭐. 그런 건 어떻게든 해결될 거야."

나탈리가 말했다.

"어떻게?"

"장학금을 받거나, 일을 하거나. 나도 그래서 레슨을 하는 거야. 내년 여름에 탱글우드***에 가려고."

---

* Mental Institute of Texas. MIT(Massachusetts Institute of Technology, 매사추세츠 공과대학교)의 이니셜을 이용한 말장난이다.

** Cal Tech. 캘리포니아 공과대학교(California Institute of Technology)의 줄임말.

*** 매사추세츠 주에 있는 보스턴교향악단의 음악학교로, 여름에 음악제와 고교생 음악가들을 위한 트레이닝 프로그램을 개최한다.

"호주 뉴사우스 웨일즈에 있는 탱글우드?"

나탈리가 콧바람으로 웃었다.

"음악학교야."

"알아. 텍사스 정신병원 근처에 있는 거."

"맞아."

내가 내릴 정류장이었다. 나는 일어나서 말했다.

"안녕."

그 애도 말했다.

"안녕."

비가 계속 내리고 있었지만, 나는 버스에서 내렸다. 내리고 나서야 그 애가 내리는 데까지 두 블록 더 가면서 하던 대화를 마저 끝낼 걸 그랬다는 생각이 들었다. 대화가 너무 급작스럽게 끝나 버렸다. 버스가 다시 출발할 때 나는 빗속에서 껑충대며 원숭이 흉내를 냈다. 하지만 그 애는 반대편에 앉아 있었다. 시베리아 정치범 수용소장만 나를 보았다. 남자는 얼른 눈을 돌리며 오만상을 지었다.

내가 이날 나탈리 필드와 버스에서 나눈 대화를 이렇게 자세히 이야기하는 데는 까닭이 있다. 비록 사소한 대화 같아도 내게는 지극히 중요한 대화이기 때문이다. 바로 그 점이 중요한 거다. 사소한 것이 때론 지극히 중요한 일이 될 수 있다는 것.

중요한 일은 모두 엄숙하고, 거창하고, 슬픈 바이올린 선율이 배경음악으로 깔리는, 그런 일들이라고 생각하는 경향이 있다. 정말로 중요한 것들은 평범하고 사소한 사건과 결정들이라는 것을 깨닫기란 쉽지 않다. 막상 배경음악을 깔고, 스포트라이트를 뿌리고, 옷을 갖춰 입으면 어떤 중요한 일도 일어나지 않는다는 것도 깨닫기 쉽지 않다.

이날의 대화 이후 내 머리를 떠나지 않는 것이 있었다. 오로지 한 단어였다. 아주 흔하고 별 의미 없는 한 단어. 내 머리를 떠나지 않는 것은 그 애의 모습도 아니고, 그 애가 나를 보던 눈빛도 아니고, 광대 짓 하며 그 애를 웃기던 내 꼴도 아니었다. 아니, 그것들이 모두 합쳐진 것이었다. 합쳐져서 한 단어로 압축되었다. 그 단어는 그 애의 입에서 나온 "그래."였다. 확고하고 분명한 "그래." 그래, 그게 바로 네가 할 일이야. 그 단어는 바위처럼 단단했다. 머릿속을 들여다볼 때마다 거기에 그 바위가 있었다.

안 그래도 나한테는 바위가 필요했다. 붙들고 있을 것, 딛고 서 있을 것이 필요했다. 무언가 단단한 것이 필요했다. 모든 것이 물렁해지고, 죄다 범벅이 되고, 늪과 안개로 변하고 있었으니까. 안개가 사방에서 나를 에워싸고 있으니까. 나는 내가 어디 있는지 종잡을 수 없었다.

그런 느낌이 부쩍 심해지고 있었다. 그런지 꽤 됐다. 한참 됐다. 하지만 결정적인 계기는 아버지에게 차를 선물로 받은 거였다.

짐작하겠지만 아버지가 나한테 차를 사 준 의미는 이거였다. '자동차에 열광하는 평범한 미국 틴에이저. 아빠가 너한테 바라는 것은 그것뿐이다.' 그 차를 주는 것으로 아버지는 내가 하고 싶었던 말을 막았다. 나는 아버지가 바라는 그런 아이가 아니고, 또 앞으로도 그렇게 되지 못할 거라는 말, 그리고 내가 누군지 나도 잘 모르겠다는 말, 그래서 그걸 알 수 있도록 도움이 필요하다는 말을 꺼낼 수 없게 됐다. 이제 와서 그 말을 하려면 '선물을 도로 가져가세요. 그런 거 갖기 싫어요!'라고 해야 했다. 하지만 그런 말을 어떻게 하겠는가. 아버지는 그 선물에 심혈을 쏟았다. 그것은 아버지 형편에서 나에게 해 줄 수 있는 최선이었다. 그걸 도로 물리는 것은 '아버지를 도로 물리겠어요. 아빠 따위 필요 없어요.'라고 말하는 거나 다름없었다.

엄마는 모든 걸 이해하는 눈치였다. 하지만 엄마도 전혀 도움이 되지 못했다. 엄마는 착한 아내였다. 엄마 인생에서 가장 중요한 것은 현모양처로 사는 것이다. 엄마는 이미 현모양처다. 엄마는 절대 아버지를 저버리지 않는다. 물론 가끔씩 아버지에게 잔소리는 한다. 하지만 다른 여자들이 남편에게 하는 것처럼 아버지를 조롱하거나 깎아내리는 법은 결코 없다. 엄마는 큰일에서는 언제나 아버지를 옹호한다. 아버지가 하는 일은 항상 옳다. 엄마는 집 안을 먼지 하나 없이 유지하고 요리도 엄청 잘하고, 과자나 그래놀라* 같은 간식도 잘 만든다. 깨끗한 셔츠가 떨어지는 일도 없다. 그뿐 아니다. 엄마는 근육병 환자 돕기나 마치 오브 다임스**에서 진행 요원이나 방문 모금원이 필요하면 거기도 발 벗고 나선다. 이런 일이, 즉 세 식구와 집 한 채를 건사하고 집안을 행복하고 평화롭게 유지하는 것이 별것 아니라고 생각하는 사람이 있다면 1, 2년 정도 직접 해 보라고 말하고 싶다. 엄마의 일은 뼈 빠지는 일이다. 그리고 계속 머리를 쓰는 일이다. 다만 엄마가

* 아침 식사용 시리얼의 일종.
** March of Dimes, 어린이 질병 연구와 퇴치를 위한 모금 운동 단체.

다른 일을 하거나 다른 사람이 되는 것을 두려워하는 게 문제다. 엄마가 자신감 없는 사람은 아니다. 다만 우리들 뒷바라지가 아닌 다른 일을 하면 우리를 통째로 저버리고 현모양처이기를 포기하는 일이 되는 줄 안다. 엄마는 자신이 늘 자리를 지키고 있어야 한다고 생각한다. 엄마는 심지어 소설책 한 권 읽을 짬도 안 낸다. 내 생각에는 엄마가 소설을 읽다 재미있어서 거기 몰두하면 엄마 혼자 떨어져 있는 꼴이 되니까, 그건 우리 옆에 있는 게 아니니까 그러는 것 같다. 엄마 딴에는 그것도 나쁜 일인 것이다. 이러니 엄마가 읽는 거라고는 음식과 실내장식 관련 잡지 몇 권, 그리고 갈 마음도 없는 비싼 여행지만 골라 실은 잡지 하나뿐이다. 아버지는 텔레비전을 많이 보지만 엄마는 텔레비전에도 별로 관심 없다. 거실에 아버지와 함께 앉아 있을 때도 바느질이나 털실 자수를 한다. 아니면 집안일을 생각한다. 그것도 아니면 마치 오브 다임스 명단을 만든다. 엄마는 필요하면 언제라도 자리에서 일어날 준비가 돼 있다.

다른 집에서 외동아이들이 귀염둥이 응석받이로 자라는 것에 비하면, 엄마가 유난히 나를 오냐오냐 키웠다고 보기도 어렵다. 엄마는 어릴 적에 내가 책을 너무 읽는다고 타박하다가 내가 열두 살 때인가 열세 살 때 포기했다. 꼬마 때부터 나한테 내 방 정리와 정원 일을 시켰다. 지금도 잔디 깎고 쓰레기 내놓는 일 등등은 내 차지다. 물론 남자 일만 해당된다. 전에 엄마가 수술을 받아서 2주 동안 계단을 오르내리지 못했는데, 그 전까지 나는 세탁기 돌리는 법도 몰랐다. 아버지는 지금도 세탁기 돌리는 법을 모를 거다. 그건 여자의 일이니까. 웃긴 게, 사실 기계에 환장하는 사람은 아버지다. 우리 집에 있는 가전제품이란 제품은 죄다 최고 성능을 자랑하고, 시중에 개발된 기능이란 기능은 죄다 붙어 있는 것들이다. 아버지 입장에서 간단하고 평범한 가전제품을 집에 들이는 것은 엄마에게 도리를 다하지 않는 처사다. 하지만 집안일과 관련된 기계는 모두 엄마 소관이다. 제품이 고장 나면 엄마가 수리공을 부른다. 아버지는 뭐가 고장 났니 어쩌니 하는 소리도 듣기 싫어한다.

이래서 내가 차에 대해 입도 벙긋 못한 거다. 차가 나를 제대로 고장 냈기 때문이다. 그곳은 막다른 곳이었다. 종점이었다. 나는 내려야 했다. 하지만 버스 밖에는 아무것도 없었다. 비와 안개와 원숭이 흉내를 내며 펄쩍펄쩍 뛰는 나밖에는 아무것도 없었다. 나를 보거나 듣는 사람도 없었다.

내가 버스 정류장에서 집으로 들어왔을 때 엄마는 부엌에서 믹서로 뭔가를 갈고 있었다. 엄마가 뭐라고 외쳤지만 왱왱대는 믹서 소리 탓에 무슨 말인지 들리지 않았다. 나는 방으로 올라가 배낭을 떨어뜨리고 옷깃이 푹 젖은 외투를 벗었다. 그리고 멀거니 서 있었다. 비가 지붕을 두들기고 있었다. 나는 혼자 말했다.

"나는 지식인이야. 나는 지식인이야. 나는 지식인이야. 나머지는 모두 뒈져 버려!"

나는 내 목소리를 들었다. 믿을 수 없이 허약하게 들렸다. 그래서 뭐! 내가 지식인이어서 뭐 어쨌는데? 그게 다야? 안개가 나를 완전히 덮친 것이 바로 그때였다. 그리고 내가 그 바위를 찾은 것이 그때였다. 내 손에 정말로 단단하고 둥근 돌덩이가 느껴지는 듯했다. 버스에서 단단하고 동그란 목소리로 "그래."라고 말하는 여자애. 그래. 좋아. 가서 네 본모습대로 살아.

그래서 나는 수건으로 머리에 묻은 빗물을 문질러 닦은 다음, 책상에 앉아 온스타인의 《의식 심리학》을 다시 읽기 시작했다. 사람이 생각하는 방법, 인간 두뇌가 작용하는 원리를 따져 보고 싶었다.

하지만 오래 가지 못했다. 나는 바윗돌을 놓치고 말았다. 저녁 먹을 때 아버지가 새 차 길들이는 방법을 늘어놨다. 적정 속도로 매일 꾸준히 몰아야 한다. 등하굣길에 몰고 다니는 것이 제일 좋은 방법이다.

"한 일주일 아빠가 직장에 끌고 다니길 원하면 기꺼이 그렇게 해 주마. 저렇게 세워 두기만 하면 차에 좋지 않아."

아버지가 말했다.

"좋아요. 그렇게 하세요."

내가 냉큼 말했다.

그게 화근이었다. 아버지 얼굴이 딱딱하게 굳었다.

"차를 원하지 않으면 그렇다고 말하지 그랬니."

"차를 원하는지 물어보지도 않았잖아요."

아버지 얼굴이 주먹처럼 더 딱딱해졌다. 아버지가 말했다.

"거의 타지 않은 새 차니까 대리점에서 다시 받아 줄지도 몰라. 물론 제값을 다 주진 않겠지. 대리점에서도 새 차로 다시 팔 수는 없을 테니까."

"아이참, 말도 안 되는 소리. 내년이면 오언이 매일같이 주립 대로 등하교해야 하는데 자기 차도 없이 어떻게 그래요? 버스를 타고 다니면 가고 오는 데 한 시간씩 걸릴 텐데. 여보, 애가 당장부터 차에 붙어살 거라 기대하지 말아요! 그 차로 출근하고 싶으면 그렇게 해요. 어차피 내년부터는 그 차가 집에 붙어 있을 틈이 없을 테니까!"

엄마가 말했다.

그걸로 해결 났다. 엄마는 고도로 지적인 사람이다. 엄마는 아버지가 내게 차를 사 줄 수밖에 없었던 현실적인 이유를 떡하니 제시한 거다. 엄마는 아버지의 핑계, 아버지의 명분을 만들었다. 주립대학교는 도시 반대편 끝에 있다. 우리 집에서 16킬로미터 거리다. 다음 해에 그리로 강의 들으러 다니려면 확실히 차가 필요하다. 여기서 문제는, 내가 가고 싶은 대학은 주립대학교가 아니라는 거였다.

하지만 내가 그 얘기를 꺼냈다가는, 내가 '집을 떠나 멀리 있는 대학에 가면요?'라고 말했다가는, 그때는 다른 폭탄까지 터트리는 셈이었다. 그랬다면 가족 사이에 한 가지가 아니라 두 가지 싸움이 터졌을 거다. 엄마는 내가 반드시 주립대학교에 가야 한다는 주의였기 때문이다. 엄마 생각은 요지부동이었다. 엄마도 거기를 다녔고, 거기서 아빠를 만났다. 그러다 3학년 때 중퇴하고 결혼했다. 엄마의 가장 친한 친구 베벌리 아줌마는 대학 동아리 친구다. 주립대학교는 엄마가 잘 아는 곳이었다. 안전한 곳이었다. 내가 가고 싶어 하는 곳들은 안전하지 않았다. 그런 곳들은 멀리 있었고, 엄마는 그런 곳에서 일어나는 일들을 이해하지 못했다. 그런 곳들은 공산주의자들과 과격분자들과 지식인들로 가득했다.

나는 주립대학교 말고도 MIT, 칼텍, 프린스턴에 지원한 상태였다. 아버지가 장학금 신청서를 써 주고 전형료를 내주었다. 지원 양식들은 복잡하기 짝이 없었고 네 장으로 돼 있었다. 하지만 공인회계사인 아버지는 오히려 신청서 기입을 즐겼다. 아버지는 명확하고 정직하게 내용을 채워 나갔다. 전형료에 대해서도 마음 쓰지 않았다. 아버지는 나의 도전 정신을 은근히 뿌듯해하는 눈치였다. 아버지는 회계사무소 동료들에게도 아들이 프린스턴에 지원했다는 말을 했을 거다. 자랑스러울 만한 일이었다. 아들이 어차피 가지 않을 대학일 때는 더 그랬다. 하지만 눈치를 보아 하니 아버지는 엄마한테는 일언반구 안 했다. 엄마도 그 점에 대해서 아버지에게나 나한테나 아무 말 없었다. '두 부자가 전형료로 90달러를 낭비하고 싶다면 그러라지 뭐. 어차피 내 아들은 주립대학교에 갈 거니까.'라고 생각하는 듯했다.

물론 엄마에게도 이유는 있었다. 아주 현실적이고 건전한 이유. 우리 집 형편에는 주립대학교가 적절했다.

나는 아무 말 하지 않았다. 할 수가 없었다. 턱이 꽉 물려서 벌어지지 않았다. 입에 넣은 고기 찜 조각도 삼킬 수 없었다. 나는 질긴 고깃덩이를 입안에 물고만 있었다. 씹을 수가 없었다. 나는 고깃덩이를 한옆으로 밀고 우유를 조금 마셨다. 그리고 한참 있다가 겨우 씹어서 넘겼다. 한참 더 있다가 저녁 식사가 끝났다. 나는 숙제를 하러 올라갔다.

부질없었다. 공부를 왜 해? 뭐 하러? 나는 주립대학교는 공부하지 않고도 갈 수 있었다. 공부하지 않고도 주립대학교쯤은 너끈히 합격할 수 있었다. 거기를 나와서 회계사나 세금 감사관이나 수학 선생이 되어서 존경받고 출세하고, 결혼해서 아이들 낳고 집 사고 늙어 가다가 죽을 수 있었다. 전혀 공부하지 않고도, 심지어 머리 쓰지 않고도 가능했다. 그게 뭐? 남들 다 그렇게 살잖아. 너는 뭐 그리 잘났는데, 그리피스?

방에 있는 책들도 다 꼴 보기 싫었다. 책들이 혐오스러웠다. 나는 아래층으로 내려가서 "나 드라이브 가요."라고 말했다. 입안에 아까 삼킨 고기 조각의 유령이 느껴졌다. 고기 조각이 아직도 입안에 있는 것 같았다. 나는 밖으로 나가 새 차에 올라탔다. 열쇠는 일요일에 내가 차에 꽂아 둔 그대로였다. 아버지도 미처 못 봤다. 차는 이틀 새에 언제라도 도둑맞을 수 있었다. 그랬으면 좋았을걸. 나는 시동을 걸고 거리를 아주 천천히 내려갔다. 길들이는 의미에서.

나는 두 번째 블록을 지났다. 필드 가족의 집을 지나갔다.

그렇다. 지금 생각하니 이날 저녁 나는 맛이 갔다. 제정신이 아니었다. 한계점을 살짝 지나 있었다. 그랬으니까 그런 일을 했던 거다. 나는 차를 사랑하는 평범한 미국 틴에이저가 좋아하는 여자애가 생겼을 때 으레 하는 행동을 했다. 나는 차를 멈추고 후진시켰다. 그리고 필드 가족의 집 앞에 주차했다. 그리고 현관문으로 올라가 문을 두드렸다. 그리고 필드 부인에게 "나탈리 있어요?"라고 물었다.

"지금 연습하는데?"

"잠깐 볼 수 있을까요?"

"물어보마."

필드 부인은 미인이었고, 우리 부모님보다 나이가 많았다. 부인도 나탈리처럼 뚱한 인상이었지만 딸보다 미인이었다. 나탈리도 쉰 살 때는 이런 미인이 될까? 냇물에 닳아서 윤이 흐르는 화강암 같은 미인. 필드 부인은 딱히 친절하지도 불친절하지도 않았다. 반기지도 않고 쌀쌀맞지도 않았다. 부인은 차분했다. 그리고 사실만 말했다. 아직도 비가 오고 있었다. 부인이 한쪽으로 비켜서서 나를 현관 안으로 들였다. 그리고 더는 아무것도 묻지 않고 위층으로 올라갔다. 부인이 올라갈 때 나탈리가 연습하는 소리가 들렸다. 바이올린이 분명해. 나는 생각했다. 소리가 굉장했다. 필드 가족의 집은 우리 집보다 컸다. 더 오래된 집이라 벽이 우리 집보다 두꺼웠다. 우렁차고 아름다운 소리가 시냇물이 바위를 타고 흐르듯 음계를 타고 경쾌하고 세차게 쏟아졌다. 그러다 뚝 끊겼다. 내가 끊은 거다.

위층에서 필드 부인의 말소리가 들렸다.

"그리피스 씨네 아들이야."

필드 가족과 우리 집은 별로 친하지 않았다. 필드 부인이 우리 집을 아는 것은 우리 엄마가 올봄에 필드 부인을 마치 오브다임스 모임에 끌어들였기 때문이었다. 그래서 필드 부인이 기획 회의를 하러 우리 집에 온 적이 있었다.

나탈리가 내려왔다. 얼굴을 찌푸리고 있었다. 머리도 엉망이었다.

"어, 안녕, 오언."

그 애가 멀찍이서 말했다. 어림잡아 지구에서 해왕성 궤도에

상당하는 거리감이었다.

"연습하는 거 끊어서 미안해."

내가 말했다.

"괜찮아. 무슨 일이야?"

나는 내 새 차를 타고 잠깐 드라이브 할 마음 없냐고 물어볼 작정이었다. 하지만 말이 안 나왔다. 그래서 말했다.

"모르겠어."

그때 고기 찜의 유령이 다시 나타나 내 입을 완전히 메웠다.

그 애가 나를 쳐다봤다. 길고 끔찍한 침묵이 흘렀다. 그 애가 말했다.

"어디 아파?"

나는 고개를 끄덕였다.

"토할 것 같아?"

나는 고개를 저었다. 고개를 저으니 속이 좀 가라앉는 듯했다. 내가 말했다.

"화가 나서 그래. 부모님 문제야. 별거 아냐. 치명적인 건 아냐. 그냥 가다가…… 그냥 가다가 얘기 좀 하고 싶어서. 그냥 좀. 그런데 못하겠어."

나탈리가 어리둥절한 얼굴이 됐다. 그 애가 말했다.

"우유 한 잔 줄까?"

"방금 저녁 먹었어."

"그럼 캐모마일 차?"

그 애가 말했다.

"피터 래빗*."

내가 말했다.

"이리 들어와."

"방해할 생각은 없었어. 저기, 내가 너 연습하는 것 좀 들어도 될까? 그러면 많이 방해되려나?"

나탈리가 망설이다가 말했다.

"아니. 그러고 싶어? 따분할 텐데."

우리는 부엌으로 갔다. 나탈리가 나에게 굉장히 별난 차를 따라주었다. 그리고 우리는 위층 나탈리 방으로 갔다. 나는 방을 보고 놀랐다. 필드 가족의 집은 벽이 모두 어두운 색이고 집 전체가 횅한 분위기였다. 집도 필드 부인처럼 차분하고 뚱한 인상을 풍겼다. 그런데 이 방은 그중에서도 가장 횅했다. 방에 동양풍 러그가 달랑 하나 깔려 있는데, 뭐더라, 날실이

---

* 영국 도자기 회사 웨지우드에서 피터 래빗 캐릭터를 이용한 다양한 다기 제품과 차를 발매했다.

드러나 보일 정도로 해져서 원래 색을 알아보기 어려웠다. 방 안에는 러그 말고 그랜드피아노 한 대, 악보대 세 개, 의자가 하나 있었다. 창문들 아래에 악보가 무더기로 쌓여 있었다. 나는 러그 위에 앉았다.

"네가 의자에 앉아. 나는 서서 연습하거든."

나탈리가 말했다.

"여기도 괜찮아."

"그래, 그럼. 바흐 곡이야. 다음 주에 오디션 테이프를 녹음해야 돼."

나탈리가 말했다. 그러더니 피아노 위에 있던 악기를 집어서, 바이올리니스트들 특유의 동작으로 턱 아래에 가져다 댔다. 그런데 크기를 보니 바이올린이 아니라 비올라였다. 나탈리는 활에 송진을 발랐다. 그리고 악보대에 놓인 악보를 노려보다가 연주를 시작했다.

흔히 연주회에 가서 듣던 소리와는 좀 달랐다. 일단 방이 너무 높고 휑해서 소리가 요란하고 셌다. 소리에 뼈가 울릴 정도였다. (나중에 나탈리가 그 방은 실수가 속속들이 들려서 연습하기 그만이라고 했다.) 나탈리는 연주하다 말고 인상을 쓰면서 혼자 한참을 중얼거렸다. 그리고 같은 부분을 몇 번이고 되풀이했다. 내가 이 집에 들어올 때 들었던 부분이었다. 와르르 쏟아지는 것 같던 부분. 나탈리는 그 부분을 열 번 내지 열다섯 번 반복했다. 그 부분을 지나갔다가도 도로 돌아와서 다시 시작했다. 연주가 매번 조금씩 달랐다. 그러다 마침내 두 번 연속으로 똑같이 연주했다. 제대로 해낸 거다. 나탈리는 그제야 다음 부분으로 넘어갔다. 나중에 전체적으로 다시 연주했을 때도 그 부분이 똑같이 들렸다. 세 번 연속 똑같이 연주한 셈이었다. 좋았어. 그래.

음악과 생각하기가 이렇게 비슷한 것일 줄은 정말 몰랐다. 음악이 생각하기의 또 다른 방식이라 해도 무방하다. 아니, 생각하기는 음악의 또 다른 종류다.

과학자에게는 무엇보다 인내심이 필요하다고들 한다. 과학적 업적은 1퍼센트의 천재와 99퍼센트의 허드렛일과 반복과 정리와 끝없는 확인이라는 거다. 맞는 말이다. 나는 작년에 멋진 선생님을 만났다. 생물 선생님 미스 캡스웰이었다. 캡스웰 선생님과 나는 봄 학기 동안 방과 후에 과학 실험을 했다. 박테리아를 가지고 하는 실험이었다. 실험도 나딜리가 비올라 연습하는 것과 다를 바 없었다. 모든 것이 정확해야 했다. 모든 것이 완벽하게 맞아떨어지면 어떤 일이 일어날까? 그건 완벽하게 해내기 전에는 결코 알 수가 없다. 그걸 알려면 제대로 해야 했다. 그때 캡스웰 선생님과 나의 목표는 작년에 《사이언스》지에 보고된 실험을 확인하는 거였다. 나탈리의 목표는 250년 전에 바흐가 독일의 어느 교회 신도들 앞에서 공개했던 음악을 확인하는 거였다. 나탈리가 한 치도 틀림없이 해내면, 그 음악이 사실이 된다. 진실이 된다.

그걸 깨닫게 된 것, 이것이 이날 나에게 일어난 가장 중요한 일이었다.

연습한 지 40분쯤 흘렀다. 나탈리는 까다롭게 빨라지는 부분으로 넘어갔다. 한동안 낑낑대다가 부아가 치미는지 활로 현을 지이이이잉! 긁었다. 그러고는 연습을 멈췄다. 나탈리도 러그에 앉았다. 우리는 얘기를 나눴다. 내가 음악과 생각하기에 대해 이야기를 꺼냈다. 나탈리도 공감했다. 하지만 음악가와 달리 과학자는 자기 생각을 계속 의심해야 하지 않느냐고 물었다. 나는 딱히 그렇게 생각하지 않았다. 하지만 과학의 원리에 대해서는 우리 둘 다 아는 게 별로 없었다. 나는 캡스웰 선생님과 생물 실험을 했는데, 그때가 무지 좋았다고 얘기했다. 남다른 생각에 관심 가지는 것을 이상하게 보지 않는 사람은 내가 아는 사람들 중에 캡스웰 선생님이 유일했다. 선생님과 실험실에서 함께 일하면서 나는 태어나 거의 처음으로 아웃사이더 같은 기분을 잊었다. 남들 눈을 의식하지도, 나를 가짜로 느끼지도 않았다. 아무리 노력해도 나는 외향적이 되거나 인기남이 되거나 무리에 맞는 인간이 될 수 없다는 것을 깨달은 것도 그때였고, 그래서 공연히 애쓰는 것을 그만둔 것도 그때였다. 하지만 캡스웰 선생님은 여름방학 때 다른 학교로 전근 갔다. 가을에 개학했을 때 학교는 전보다 더 끔찍했다. 이제는 그곳의 일부가 되겠다고 나 자신을 닦달하는 것조차 관둔 탓이었다. 학교에는 더 이상 남은 게 없었다. 물론 이날 저녁 나탈리에게 이런 얘기를 고스란히 하지는 않았다. 다만 학교와, 무리에 순응하는 것과, 남과 달라서 힘든 이유에 대해 이야기했다. 나탈리는 결국 양자택일인 것 같다고 했다. 남들처럼 되는 것. 아니면 남들이 내게 원하는 것이 되는 것. 하나는 순응이고 다른 하나는 복종이었다. 그리고 거기에 내 차 문제와 대학교 문제와 부모님 문제가 달려 있었다. 나탈리는 내 이야기를 들으며 차 문제에 대해서는 전적으로 공감했다. 하지만 대학 문제에 대해서는 갸우뚱했다. 그 애가 말했다.

"그래, 하지만 너한테 어울리는 학교를 포기하고 원치 않는

학교로 갈 건 아니잖아? 왜 그래야 하는데?"

"부모님이 원하니까."

"하지만 틀린 걸 원하시잖아. 안 그래?"

"모르겠어. 그리고 돈 문제도 있어."

"학자금 융자나 장학금을 받으면 되지."

"경쟁도 세."

"바로 그거야! 가고 싶다고 가는 것도 아니잖아. 그러니까 지원이나 해 보란 말이야. 지원도 못해?"

나탈리가 잔뜩 비꼬는 투로 말했다.

나탈리 말에 말문이 막혔다. 하지만 부모님과 말할 때처럼은 아니었다. 부모님 앞에서 말이 막히는 것은 본론에는 닿을 수조차 없는 벽이 느껴져서고, 나탈리 말에 말문이 막힌 것은 그 애가 본론에 먼저 도달했기 때문이었다. 적어도 나탈리는 먹은 고기 찜이 얹히게 하지는 않았다. 나탈리 엄마가 우리에게 다른 종류의 별난 차를 가져다주었다. 우리는 더 이야기했다. 그냥 실없는 이야기였다. 친구들끼리 하는 이야기. 나는 밤 열 시 반에 나탈리의 집을 나왔다. 그 애는 적어도 하루 세 시간씩은 연습하려고 노력한다고 했다. 그 애가 좀 더 연습하고 싶을 것 같았다. 나는 차로 몇 블록 돌다가 집으로 와서 잠자리에 들었다. 몹시 피곤했다. 백 킬로미터를 걸은 것 같았다. 하지만 날 가두었던 안개는 걷혔다. 나는 침대에 눕자마자 곯아떨어졌다.

말했다시피 위의 일은 11월 25일에 일어났다. 그날부터 새해 첫날까지 나는 나탈리 필드와 많이 친해졌다. 우리는 마음이 잘 맞았다. 우리는 만나면 이야기하기 시작해서 헤어지는 순간까지 미친 듯이 이야기했다. 오래 붙어 있지는 못했다. 나탈리가 워낙 바빴다. 그 애는 방과 후에 일주일에 닷새는 레슨 하러 갔다. 토요일은 아홉 시부터 두 시까지 음악 학원에서 일했다. 거기서 꼬마들에게 오르프 음악교육*이라는 것을 했다. 저녁에는 악기 연습을 했다. 일요일에는 실내악단에서 연주하고, 악기 연습하고, 교회에 갔다. 필드 씨는 아주 독실한 사람이었다. 아니다, 이 말은 취소한다. 필드 씨는 교회에 열심히 나가는 사람이었다. 필드 씨가 독실한지 어떤지는 내가 모르니까. 나탈리는 독실했다. 아버지의 영향을 받았을 거다. 하지만 교회는 전혀 좋아하지 않았다. 하지만 가기는

---

* Orff Method, 독일의 음악 교육자 오르프의 이름을 딴 음악 교수법으로, 음악과 언어와 춤은 하나라는 취지로 개발된 어린이 대상 음악교육 프로그램이다.

갔다. 그 애는 거기에 대해 많이 생각해 본 뒤, 교회 다니는 것이 자신에게는 몰라도 아버지에게는 중요한 일이라는 결론을 내렸다. 그래서 부모님과 사는 동안은 거기에 따르기로 결심했다. 나탈리는 그런 일들은 그렇게 생각하고 넘어갔다. 가끔은 교회 가는 것이 짜증스러워도, 내가 차 문제로 그러는 것처럼 그 생각에 코가 꿰서 울화증을 키우지 않았다. 그저 멍청한 목사 욕만 몇 마디 하고 나서 다음 할 일로 넘어갔다. 그 애는 우선순위가 확실했다.

나탈리는 나보다 생일이 빨라서 거의 열여덟 살이었다. 우리 나이 때는 그 정도 차이도 큰 차이다. 여자애들이 남자애들보다 정신적으로 빨리 성숙하는 것을 감안하면 더 그렇다. 하지만 우리에게는 문제되지 않았다. 우리는 죽이 잘 맞았다. 정말로 말이 통하고 대화가 즐거운 사람은 나탈리가 처음이었다. 우리는 말을 하면 할수록 할 말이 더 많아졌다. 우리 둘다 마지막 교시에 수업이 없었다. 그래서 그때 만나서 나탈리가 레슨 갈 때까지 이야기했다. 가끔은 저녁때 내가 나탈리네 집으로 놀러 갔다. 그러다 크리스마스 방학이 왔다.

나탈리는 전문 비올라 연주자가 되려고 공부하는 것이 아니었다. 나는 크리스마스 무렵에야 그걸 알았다. 나탈리는 비올라와 바이올린과 피아노를 연주했다. 하지만 정작 되고 싶은 것은 작곡가였다. 여러 악기를 연습하는 것은, 레슨으로 돈을 벌고 음악학교에 들어가고 나중에는 관현악단 소속으로 가르치거나 연주하면서 생활비를 벌기 위해서였다. 하지만 여기까지는 모두 수단에 불과했다. 최종 목표는 따로 있었다. 그건 꽤 지나서야 알았다. 나탈리가 거기에 대해 말하는 것을 쑥스러워했기 때문이다. 자기 어머니에게나 얘기했으면 했을까, 아마 아무에게도 말하지 않았을 거다. 나탈리가 워낙 자기 연주에 대해 자신감 있고 현실적이어서, 처음에는 그 애에게 자신감 없고 야심만 앞서는 부분이 있을 줄은 정말 몰랐다. 나탈리 스스로도 이상적이고 몽매하고 불확실하게 느끼는 부분이라서, 남에게 터놓고 말하기 힘들었을 거다. 하지만 나탈리 인생의 진짜 핵심은 바로 그 부분이었다.

어느 날 나탈리는 이런 말로 시작했다.

"여자 작곡가는 하나도 없어."

크리스마스 방학 때였다. 크리스마스 방학 때도 우리는 시간을 내서 몇 번 만났다. 이날은 함께 공원을 걷고 있었다. 공원은 우리 도시에서 가장 근사한 데다. 엄청 커서 그 안에 숲도 있고 긴 산책길도 있다. 우리는 필드 부인의 뚱뚱이 개를 운동시키고 있었다. 오빌이라는 이름의 똥개였다. 비가 내리고 있었다.

굳이 대자면 피카푸*라고 하는 게 맞다. 하지만 그 개는 그냥 똥개에 가깝다.

"여자 작곡가가 없다고? 설마! 몇 명은 있겠지."

내가 말했다.

나탈리는 여자 작곡가가 있긴 있지만 명성을 떨치는 사람은 없다고 했다. 또는 있다고 해도 있는 줄 모른다고 했다. 여자 작곡가는 오페라를 써도 무대에 올리기 힘들고, 교향곡을 작곡해도 상연이 어려웠다.

"정말로 실력이 있으면, 정말로 뛰어나면, 연주될 수도 있겠지. 하지만 지금까지는 완전히 정상급에 드는 여자 작곡가가 없었어."

나탈리가 말했다.

"왜?"

내가 물었다. 생각해 보면 이상한 일이었다. 대중음악에는 여자 작곡자들이 넘쳐 난다. 그리고 노래 종류를 막론하고

---

* Peke-A-Poo, 페키니즈와 푸들의 잡종 개.

가수의 반은 여자다. 어쨌든 음악이라는 것이 딱히 남성적인 이미지는 아니잖아. 인간적이라면 모를까.

"왜 그런지는 나도 몰라. 어쩌면 조만간 알게 되겠지. 선입 견 같은 거 아닐까. 네가 전에 말했던 자기 충족 어쩌고 하는 거 말이야."

나탈리가 으스스하게 말했다.

"자기 충족적 예언* 말이야?"

"그래. 다들 너는 못한다고 하면 정말 그런 줄로 믿는 거. 문학 분야에서도 마찬가지였어. 결국 여자들이 그런 말을 무 시하고 보란 듯이 끝내주는 소설들을 써서, 여자들은 소설을 못 쓴다고 했던 남자들 코를 납작하게 눌러 주기 전까지는 말이야. 문제는, 여자들은 확실한 정상급이 되어야 남자 삼류 급이 얻는 거라도 얻을 수 있다는 거야. 그게 웃겨. 네가 말하 는 평준화랑 같은 얘기 아닐까."

나탈리와 이야기하면서 나는 내 문제에 대해서도 나름대로 이론을 세우게 됐다. 세상이 나를 아웃사이더로 느끼게 하는 것이 무엇인지에 대한 이론. 왜 사람들은 스포츠에 뛰어나거

---

* self-fulfilling prophecy, 다른 사람들의 기대나 선입견이 현실화되는 것을 말하는 심리학 용어.

나 정치에서 성공한 사람들은 쉽게 영웅시 하면서, 생각에 능한 사람들은 조롱하고 미워할까? 돈이나 권력으로 바로 연결되는 생각만 생각으로 쳐준다. 그런 생각을 한다면야 그 사람들도 영웅이다. 반(反)지식인 운동도 그런 맥락 같다. 죄다 아래로 끌어내려서 모두를 일개미들처럼 똑같은 수준으로 만드는 것, 내가 느끼는 '평준화'는 그런 거였다. 요즘 사람들이 반(反)엘리트주의 같은 번지레한 이름으로 포장하는 것. 아니면 민주주의 같은 정말로 뜬금없는 이름으로 부르거나. 이름만 듣고 속아 넘어가기 십상인 이름들이 많다.

"남성우월주의적 평준화?"

내가 말했다.

"그래. 바로 그거야."

나탈리가 말했다.

앞서 갔던 오빌이 다시 달려왔다. 키가 35센티미터인 임신한 암소가 뛰어오는 것 같았다. 개가 내 청바지에 진흙을 칠하더니 다음에는 나탈리 청바지에 진흙을 발랐다.

"어떤 음악을 작곡하고 싶은데?"

내가 물었다.

나탈리가 대답을 해 주긴 했는데, 그 말을 여기에 옮기지는 못하겠다. 솔직히 그 애가 한 말의 반도 이해 못했다. 음조가 뭔지도 확실히 모르는데, 음조 이론을 설명하는 말을 무슨 수로 알아듣겠는가. 하지만 그 애의 말을 막으면서 부연 설명을 요구하고 싶지는 않았다. 나탈리에게는 그런 얘기를 꺼내는 것조차 쉽지 않았으니까. 하지만 그 애는 몹시, 간절하게 말하고 싶어 했다. 그 애는 음악이 가진 질서와 인간미에 대해, 그리고 기계 음악과 마구잡이 음악에 대해 이야기했다. 그런 이야기들은 좀 이해할 만했다. 내가 현대음악에 대해 아는 게 적어서 확실히 이해했는지는 모르겠다. 하지만 어느 정도는 알아들었다. 내가 읽는 책들에도 기본적으로 통하는 내용이 있었기 때문이다. 그 책들은 근대 심리학자들이 인간의 기계화에 대해 쓴 것들이었다. 사람들이 자신과 세상을 기계로 바라본다는 내용이 담겨 있었다. 정신분열증이란 것은 말 그대로 사람이 기계처럼 되는 병이다. 정신분열증 환자들은 전원에 연결돼서 작동하고 슈퍼컴퓨터에서 지령을 받는 기계와 비슷하다. 그런 책들을 읽을 때 안 그래도 록그룹 생각이 나곤 했다. 전자악기와 마이크와 계기판과 전선으로 뒤덮인 무대. 공연장을 가득 메우고 록그룹에 감정적으로 플러그인 된 사람들. 그들의 흥은 동력 장치에 꽂힌 전선 한 가닥에 달려 있다. 정신분열증 환자들만 미친 사람들이 아니다.

　나탈리가 말하는 것도 같은 맥락이었다. 나탈리는 음악에서 기계 의존성을 없애야 한다고 했다. 다만, 그 애가 말하는 '기계'에는 대규모 심포니오케스트라와 거대 오페라 프로덕션 같은 것도 포함돼 있었다. 그렇다고 그 애의 말이 포크송과 덜시머*와 켄터키 사투리로 노래하던 시절로 회귀하자는 것은 아니었다. 나탈리는 순수예술에는 복잡성이 필수적이라고 했다. 하지만 그 복잡성이 음악 안에 있어야지 제작 수단에 있어서는 안 된다고 했다. 나는 아인슈타인이 5천만 달러짜리 입자가속기 없이도 연필과 종이와 자기 머리만으로 그런 업적을 이룬 것이 생각난다고 했다. 가속기도 뛰어나지만, 근본적으로는 아인슈타인이 훨씬 뛰어나다. 그리고 훨씬 싸게 먹힌다. 나탈리는 열렬히 동감했다. 우리는 걸음을 멈추고 돌아섰다. 해가 나왔고, 비에 젖은 숲이 크리스털처럼 반짝였다. 우리는 나탈리의 집으로 갔다. 나탈리는 자기가 작곡한 곡 중 하나를 피아노로 들려주었다.

　나탈리는 그 곡이 원래 피아노곡이 아니라 현악삼중주곡이

---

* 유럽의 민속 악기로, 무릎 위에 올려놓고 연주하는 현악기.

라고 설명했다. 그 애는 바이올린 부분은 입으로 불렀다. 복잡한 음악 같지는 않았다. 하여튼 어렵게 느껴지지 않았다. 아름답고 짤막한 선율이 반복됐다. 사는 게 힘들 때 문득문득 생각날 것 같은 곡이었다. 나탈리는 연주하면서 신경이 곤두서 있었다. 그 애는 흥분 상태였다. 그러다 끝에 가서 피아노 뚜껑을 쾅 닫으며 말했다.

"끝 부분이 맘에 안 들어."

이제는 레슨 갈 시간이었다. 레슨를 하는 곳은 도시 반대편이었다.

나탈리 필드는 설명하기 까다로운 여자애다. 하긴 누군들 안 그럴까. 하지만 테이프에 녹음한 것을 타자로 치면서 생각하니까, 내가 나탈리를 너무 무게 잡는 애로 묘사한 것 같다. 하긴 우리는 얘기할 때 둘 다 무게 잡았다. 적어도 가끔은. 우리가 얘기하는 것들은 우리에게 몹시 중요한 것들이었으니까. 그것도 처음으로 꺼내는 얘기들, 전에는 아무에게도 못했던 얘기들이었다. 그래서 모든 게 걸러지지 않고 그대로 쏟아져 나왔다. 거기다 나탈리는 드물게 심지가 곧은 아이였다. 독자적이고 결단력 있었다. 그 애는 여섯 살 때 혼자 피아노를 깨쳤다. 그걸 보고 부모가 음악 레슨을 시켜 주지 않을 수 없었다. 한 가지만 너무 오래, 너무 열심히 한 탓에, 그 애는 음악이 아닌 다른 것들에 대해서는 상당히 어리고 미숙했다. 예를 들어 그 애는 극장에 간 적이 거의 없었다. 한번은 내가 그 애와 우디 앨런 영화를 보러 갔다. 영화에 우디 앨런이 첼로를 창밖으로 던지는 장면이 나오는데 나탈리가 어찌나 웃는지 저러다 토하지 않을까 싶었다. 그 애가 내 광대 짓에 웃은 것도 그런 이유였다. 그 애는 웃고 싶었던 거다. 웃을 필요가 있었다. 대단한 것도 필요 없었다. 그 애는 내가 원숭이 흉내만 내도 자지러졌다. 나탈리의 아버지는 근엄한 원리주의자 타입이었다. 그 애 어머니는 항상 차분하고 담담했다. 언니들은 둘 다 결혼해서 멀리 살았다. 그 애는 음악을 공부하고 가르치고 연습하고 만들고 꿈꾸었다. 그 애의 인생에는 웃을 일이 없었다. 웃기는 게 하나도 없었다. 내가 나타나기 전까지는. 지금 생각하면, 내가 그 애를 필요로 했던 것만큼이나 그 애도 내가 필요했다.

그런데 내가 그걸 망쳤다. 우선순위를 잘못 두는 바람에.

하지만 그 이야기를 하기 전에 좋은 이야기부터 해야겠다. 바닷가에 갔던 날 이야기.

12월 마지막 날이었다. 비가 그치면서 날이 쌀쌀하고 맑고 잔잔해졌다. 겨울 한가운데였다. 나는 일찍 잠에서 깼다. 해가 산꼭대기에서 보는 해처럼 빛났다. 짙푸른 하늘에서 햇빛이 쏟아졌다. 나는 이날 나탈리가 종일 일이 없다는 걸 알고 있었다. 가르치는 아이들 중 일부는 방학 때 레슨을 쉬기 때문이었다. 그래서 나는 그 애에게 전화했다. 우리는 내 차를 타고 해안에 가기로 결정했다.

필드 부인도 허락했다. 부인은 나를 괜찮은 애로 생각하는 것 같았다. 적어도 내가 느끼기에는 그랬다. 자기 딸에게 눈길을 던지는 사내라면 그게 누구라도 곱게 볼 것 같지 않은 필드 씨는 건설업자였고, 저녁 여섯 시가 넘어야 집에 왔다. 우리가 그전까지만 돌아오면 무리 없었다. 필드 씨가 모르는 일이 필드 씨에게 피해를 줄 리 없었다. 우리 부모님도 상관 안했다. 부모님이 아는 것은 내가 친구와 함께 해안으로 드라이브 간다는 것뿐이었다. 엄마는 누가 됐든 나한테 친구가 있다는 것에 기뻐했고, 아빠는 내가 어딜 가든 내 차로 간다는 것에 기뻐했다. 따라서 모두가 행복했다. 우리는 나탈리가 싸온 점심을 들고 아홉 시에 출발했다.

해안까지 140킬로미터를 달리고, 거기서 남쪽으로 16킬로미터쯤 가면 제이드 비치가 나왔다. 내가 가기로 한 데가 거기였다. 커다란 곶 사이에 있는 작은 만이었다. 바람이 세지 않고, 여름철에도 인적이 드문 곳이었다. 그러니 겨울에는 무인도나 다름없었다. 코스트 레인지* 산간 도로에 눈이 있어서 나는 차를 천천히 몰았다. 그 때문에 정오에나 도착했다. 하늘이 구름 한 점 없이 맑고 눈부셨다. 태평양은 검푸르고, 높은 파도가 빠르게 밀려와 하얗게 부서졌다. 춥긴 했지만 바닷가에 바람은 없었다. 바람이라고는 파도가 몰고 오는 바람밖에 없었다. 파도 물보라가 고운 암염 가루처럼 얼굴을 때렸다. 계속 움직이고 있자니 나중에는 외투를 벗을 만했다. 그래서 외투를 벗었다. 우리는 한참 동안 얕은 파도에서 첨벙대고 놀았다. 그러다 조금씩 바다 깊이 들어갔다. 물이 얼음장 같았다. 하지만 처음에 고통스러운 것만 넘기면 몸이 멍멍해지면서 오히려 기분 좋았다. 나는 목까지 젖고 나탈리는 허리까지 젖었다. 우리는 마른 땅으로 올라왔다. 해변에 밀려온 커다란 통나무 옆 움푹한 곳에 불을 피우고, 그 옆에서 몸을 말리고 점심을 먹었다. 우리는 엄청 먹었다. 그냥 하는 말이 아니라 정말 믿을 수 없이 많이 먹었다. 나탈리는 점심을 쌀

* Coast Range, 북미 태평양 연안에 있는 산맥.

때 아낌없이 통 크게 쌌다. 애초에 샌드위치가 몇 개 있었는지 모르겠지만, 먹어도 먹어도 끝이 없었다. 나는 샌드위치를 실컷 먹고 바나나 세 개와 오렌지 하나와 사과 두 개를 먹어 치웠다. 이날 바나나가 젊음의 신명과 천진한 즐거움의 원천 역할을 톡톡히 했다. 그렇지 않았으면 내가 그걸 그렇게까지 먹을 일이 없었을 거다. 나탈리처럼 멀쩡한 아이가 원숭이 흉내 앞에서 왜 그리 뒤집어지는지 솔직히 알다가도 모르겠다. 하지만 재미를 아는 것도 천재성의 발로다. 거기다 이날 오후 내 원숭이 흉내가 그 궁극의 정점을 찍었다. 바나나의 공이 컸다.

점심을 먹은 후 우리는 절벽을 오르고, 돌멩이를 던지고, 모래성을 쌓았다. 그러다 날이 더 추워졌다. 우리는 원래 자리로 돌아와 꺼진 불을 다시 피웠다. 그리고 우리의 모래성에 밀물이 점점 접근하는 것을 보며 이야기를 나누었다. 우리는 골칫거리나 부모나 자동차나 미래의 포부는 이야기하지 않았다. 우리는 인생 이야기를 했다. 우리는 인생의 의미를 물어봐야 소용없다는 결론을 내렸다. 인생은 답이 아니니까. 인생은 문제다. 그리고 각자가 답이다. 우리 앞에 바다가 있었다. 바다가 불과 12미터 앞에 있었다. 바다는 계속 다가왔다. 그 바다 위에 하늘이 있었다. 하늘에서 해가 내려오고 있었다. 그리고 추웠다. 그 순간이 내 인생의 절정이었다.

전에도 절정은 있었다. 언젠가 가을밤에 비를 맞으며 공원을 걸을 때. 언젠가 사막에 갔을 때. 그래서 내가 별들 아래서 자전하는 지구가 되었을 때. 때때로 생각에 잠길 때. 생각 끝에 결론에 이를 때. 나는 늘 혼자였다. 나밖에 없었다. 하지만 이번에는 혼자가 아니었다. 나는 친구와 높은 산 위에 있었다. 어느 것도 그보다 좋을 수는 없다. 그 어느 것도. 그런 순간이 내 인생에 두 번 다시 오지 않는다 해도, 적어도 내게 그런 순간이 있었다고 말할 수는 있다.

이야기를 하면서 우리는 비취나 마노가 있을까 해서 앉은 자리 주변의 모래를 훑었다. 나탈리가 검고 납작한 조약돌을 하나 찾았다. 완전히 타원형이고 모래에 쓸려 반들반들했다. 나는 렌즈 모양의 마노를 찾았다. 흰색과 노란색이 섞여 있었다. 그걸 눈에 대면 태양을 쳐다볼 수 있었다. 나탈리는 나에게 검은 돌을 주고, 나는 나탈리에게 마노를 주었다.

나탈리는 집에 오는 길에 차에서 잠이 들었다. 끝내주는 하루였다. 해질녘에 높은 산에서 조용히 내려오는 기분이었다. 나는 부드럽고 조용하게 살살 운전했다.

집에 도착했을 때는 일곱 시가 훌쩍 넘어 있었다. 우리는 바닷가에서 시간이 가는지도 몰랐다. 나탈리가 차에서 살그머니 내렸다. 그리고 바람에 거칠어지고 여전히 졸음이 묻은 얼굴로 말했다.

"오늘 즐거웠어, 오언."

그리고 웃으면서 집으로 들어갔다.

필드 가족은 새해 첫날을 맞아 여행을 떠났다. 그래서 개학날이 되어서야 나탈리를 다시 만났다. 우리는 버스 정류장에서 함께 버스를 기다렸다. 나는 나탈리에게 그날 집에 늦게 들어간 바람에 아버지한테 혼나지 않았기를 바란다고 했다. 그랬더니 그 애는 "그렇지 뭐."라고 했다. 그리고 우리는 온스타인이 쓴 책 이야기를 했다. 나탈리는 뇌에서 음악적 재능에 관여하는 부분에 대한 설명에 관심을 보였다.

상황이 나빠진 것은 내 탓이지만, 나 말고 또 탓할 사람을 찾는다면 그건 나탈리 아버지일 거다.

나탈리가 "그렇지 뭐."라고 말한 것은 그날 그 애 아버지가 분명히 화를 냈다는 뜻이었다. 그리고 그 애가 그 얘기를 입에 올리기 싫어한다는 뜻이었다. 그 애는 그 일을 무시하거나 잊는 쪽을 택했다. 그나저나 나탈리 아버지가 무슨 싫은 소리를 했을까? 그 애는 해변에 가서 점심을 먹고 마노를 찾고 집으로 돌아왔을 뿐이다. 그게 못된 짓인가? 그게 죄인가? 필드 씨는 대체 무슨 상상을 한 걸까?

나탈리 아버지가 무슨 상상을 했는지 빤했다.

우리에게 그런 꿍꿍이가 없었다 해도 그건 나탈리 아버지에게 전혀 중요하지 않았다. 젊은 애들 어떤지 알잖아? 걔들 머릿속에는 재미 볼 생각밖에 없어.

그러면 그러라지. 필드 씨의 강박관념은 나를 타락시키지 못했다. 하기야, 내가 털끝만큼도 타락하지 않았다면 애초에 이런 생각도 하지 않았을 테지만. '타락'이란 말, 은근히 재미 있다. 사전에 의하면 타락이란 '건전한 상태에서 불건전한 상태로 변질되는 것'이다. 내 말이 그 말이다. 나는 바야흐로 불건전한 생각에 빠져드는 단계에 있었다.

문제는 사람들이 하는 얘기가 다 같다는 거다. 영화와 책과 광고에서 떠들어 대는 메시지나, 과학자부터 세일즈맨까지 섹스를 언급하는 사람들이 주장하는 것이나, 결국 뜻은 한 가지다. 남자 더하기 여자는 섹스. 다른 건 없다. 이 방정식에 미지수란 없다. 미지수를 원할 사람은 아무도 없다.

아직 섹스를 못해 봐서 섹스가 정말로 미지의 세계인 경우에는 더 그렇다. 다들 섹스만이 중요하고, 섹스 아니면 없다는 식으로 떠들어 댄다. 발기불능이나 불감증으로 섹스를 하고 싶어도 못할 때는 금세 암이라도 걸릴 것처럼 군다.

그래서 나는 생각했다. 나는 어떤가. 나에게는 항상 만나고, 바닷가에서 가서 종일 놀다 오는 여자애가 있다. 그리고 누군가 묻는다.

"제법인데. 그래서 어떻게 됐어?"

내가 대답한다.

"그 애는 나한테 검은 돌멩이를 주었고, 나는 그 애에게 마노를 주었어."

뭐가 어째? 와우!

나는 남들이 어떻게 생각할지를 생각한 거다. 나 자신의 생각이 아니라.

설명하기 어렵다. 왜냐면 솔직히 돌멩이와 마노가 다가 아니었으니까. 당연히 아니었다. 나는 여자애와 함께 있었다. 아니다. 그래, 나탈리는 여자다. 여자와 함께 있으니 솔직히 흥분됐다. 바보처럼 들리는 거 안다. 놀리고 싶으면 놀려도 좋다. 하지만 그게 딱 맞는 표현이었다. 육체적, 심리적, 그리고 정신적 흥분.

하지만 나는 그 흥분감이 분명히 사랑이라고 생각했다. 모두들 그렇게 말하니까. 심지어 프로이드*도 그렇게 말했으니까. 그들은 섹스가 진짜고, 사랑은 고릴라보다 조금 더 진화된 부류가 섹스를 달리 부르는 이름이라고 한다. 사랑에 빠졌을 때 하는 게 섹스가 아니고, 섹스가 하고 싶을 때 섹스에 가져다 붙이는 이름이 사랑이다. 치약 광고에서 담배 광고까지, 포르노 영화에서 예술 영화까지, 팝송부터 필드 씨까지 모두에게 물어봐라. 대답은 똑같다. 중요한 것은 단 하나. 오로지 하나뿐이다.

그래서 우리가 다시 만났을 때 우리 사이는 완전히 달라져 있었다. 이미 나는 내가 나탈리를 사랑한다고 결론 내렸다. 이 부분을 잘 읽어 주기 바란다. 나는 나탈리와 사랑에 빠졌다고 말하지 않았다. 나는 나탈리를 사랑한다고 '결론 내렸다'고 말했다. 그게 중요하다.

뇌 구조와 마음의 작용을 연구하는 사람들에 따르면, 그리고 좌뇌와 우뇌의 차이보다 전두엽과 후두엽의 차이를 다루

* Sigmund Freud, 1856~1939, 오스트리아의 정신분석학자. 인간 행동을 지배하는 것이 무의식과 성적 에너지라고 주장했다.

는 사람들에 따르면, 내 경우는 전두엽에 의해 좌지우지되고 불쌍한 뒷골은 썩히는 경우다.* 이것이 엉터리 지식인이 걸리기 쉬운 병이다. 적어도 나처럼 멍청한 정서장애 지식인이 걸리는 병이다.

처음에는 별 문제 없었다. 내 소심함 덕분이었다. 하지만 나탈리와 함께 있지 않을 때는 그 애에 대한 사랑을 갈고 닦았다. 그러다 막상 함께 있게 되면 그걸 모두 까먹었고, 우리는 그저 전처럼 미친 듯 이야기만 나누었다.

우리는 진로 이야기를 많이 했다. 마지막 학기만을 남겨 둔 고3에게는 당연한 화제였다. 나탈리의 진로는 확실했다. 그 애는 올여름에 탱글우드에 갈 예정이었다. 동부 사람들을 만나는 것이 주목적이었다. 장차 도움이 될 음악가들과 전문가들, 그리고 음악을 공부하는 다른 아이들. 나탈리는 다른 애들을 경쟁자들이라고 불렀다. 그 애는 경쟁자들을 만나고 본인 실력을 재 보고 싶어 몸이 근질근질했다. 과정이 끝나면 가을에 돌아와서 1년 동안 음악 학원에서 풀타임으로 일하고 레슨을 하면서 돈을 모을 거라고 했다. 그러면서 연습하고,

---

* 뇌의 전두엽이 주로 사고 기능을 담당하고, 나머지 부분이 행동과 감각을 담당한다고 알려져 있다.

작곡하고, 주립대에서 상급 화성학을 수강할 거라고 했다. 주립대에 자신이 아직 모르는 부분을 가르쳐 줄 교수가 한 명 있다면서 작년 여름 학기 때 이미 그 교수와 공부한 적이 있다고 했다. 그다음에는 그동안 모은 돈을 들고, 장학금을 주는 대로 받아서, 뉴욕의 이스트만 음악대학교에 진학할 거라고 했다. 그리고 거기 있는 작곡가들과 '필요한 만큼 오래' 공부할 거라고 했다. 내가 MIT에 가고 싶은 이유와 비슷한 이유였다. MIT에는 생리심리학을 하는 교수가 있었다. 생리심리학이 딱 내 관심 분야였다. 우리의 대화는 참으로 묘했다. 나탈리는 작곡가들이 추구하는 음악을 설명하고, 나는 의식이란 무엇인지 설명했다. 하지만 놀랍게도 이야기하다 보면 완전히 다른 두 가지가 서로 합쳐지고 보이지 않던 연관성이 드러날 때가 많았다. 다른 영역의 생각들이 서로 맞물리는 것. 생각을 나누는 게 짜릿한 이유가 바로 이거다.

4월에 시민 관현악단이 시내 큰 교회에서 연주회를 열 예정이었다. 나탈리가 작곡한 노래 세 개가 프로그램에 포함됐다. 나탈리는 대단한 일이 아니라고 했다. 지휘자가 아는 사람이고, 관현악단의 아마추어 비올라 연주자들을 잡아 줄 숙련된 연주자가 필요할 때 도와준 덕분이라고 했다. 하지만 어쨌든 나탈리의 곡이 처음으로 사람들 앞에 연주되는 일이었다. 나탈리가 말했다. 작곡은 예술 분야 중에서 제일 더러운 분야다. 90퍼센트가 뒷줄 대기다. 인맥이 있어야 하고, 없으면 작품을 무대에 올리는 것은 꿈도 못 꾼다. 나탈리는 그 바닥 생리를 현실적으로 받아들였고, 자신은 '찰스 아이브스* 게임'에 참여할 마음이 없다고 했다. 아이브스는 한창 곡을 쓸 때는 자기 곡이 연주되는 것을 들은 적이 없었다. 그는 그저 틈틈이 곡을 쓰고, 다 쓰면 상자 안에 처박아 두었다. 그리고 보험중개인인지 뭔지로 일했다. 나탈리는 그런 것을 못마땅해했다. 작품을 발표하는 것도 작곡가의 일이라고 했다. 하지만 나탈리의 말은 일관성이 좀 떨어졌다. 그 애가 우상으로 생각하는 인물은 슈베르트와 에밀리 브론테인데, 슈베르트는 자신의 대작 대부분을 직접 들어 보지 못하고 세상을 떴고, 에밀리 브론테는 자기 시를 출판한 것을 두고 아니, 읽었다는 이유만으로 언니 샬롯을 평생 원망했다. 4월에 연주될 나탈리의 노래 세 개는 에밀리 브론테의 시에 곡을 붙인 것이었다.

《폭풍의 언덕》은 나탈리가 가장 좋아하는 책이었다. 나탈

---

* Charles Ives, 1874~1954, 아이브스 보험회사 설립자 겸 작곡가. 〈교향곡 제3번〉이 완성 후 40년 만에 초연되어 주목을 받았고, 세상을 떠난 후에야 미국 현대음악의 아버지라는 명성을 얻었다.

리는 브론테 가족에 대해서도 빠삭하게 꿰고 있었다. 150년 전, 영국 황야 지대의 시골 마을 사제관에 살았던 천재적인 네 남매. '고독' 하면 브론테 남매였다! 나는 나탈리가 준 브론테 전기를 읽었다. 나는 늘 내가 외롭다고 생각했는데, 브론테 남매의 인생에 비하면 내 인생은 사교 잔치고 친목 파티였다. 하지만 적어도 그들은 외동아이는 아니었다. 겁나는 게 뭐냐면, 네 남매 중 둘째인 외아들은 자기 삶을 견디지 못하고 망가져서 약물과 술에 의지해 살다가 결국 약물중독으로 요절했다는 거다. 가족이 그에게 너무 많은 기대를 하는 바람에. 아들이었기 때문에. 반면 딸로 태어나 별로 부담이 없었던 누나와 동생은 기량을 발휘해서 《제인 에어》와 《폭풍의 언덕》을 썼다. 나는 이 점에 주목했다. 나에 대한 기대가 나보다도 작은 부모님을 둔 것이 어쩌면 그다지 나쁜 일이 아닐지도 몰랐다. 그리고 남자로 태어난 것이 무조건 좋은 일도 아닌 듯했다.

브론테 남매는 가상의 나라를 만들고 그에 대한 이야기와 시를 쓰며 어린 시절을 보냈다. 가상의 나라지만 지도도 있고 전쟁도 하고 사건도 일어났다. 샬롯과 브란웰은 상상의 나라 '앵그리아' 이야기를 썼고, 에밀리와 앤은 '곤달' 왕국을 창조

했다. 나중에 에밀리는 자신이 폐결핵으로 죽을 걸 알고 곤달 이야기를 모두 불태웠다. 다행히 그 전에 샬롯이 시는 없애지 못하게 막았다. 남매들 모두 글쓰기 교육을 받았고, 수년 동안 가상의 세계를 배경으로 길고 복잡한 모험 이야기를 쓰는 것으로 창작열을 불태웠다. 나는 이 부분에 충격받았다. 열두 살부터 열여섯 살까지 나도 같은 짓을 했기 때문이다. 물론 나한테는 그걸 보여 줄 누나도 동생도 없었지만.

나는 그 나라를 소언이라고 불렀다. 지도 같은 것도 그렸다. 하지만 딱히 이야기를 쓰지는 않았다. 대신 그 나라의 식물군과 동물군, 지형과 도시들을 구상하고, 경제와 생활 방식과 정부와 역사를 지어냈다. 소언은 내가 열두 살에 시작할 때는 왕국이었지만, 열대여섯 살 때는 자유사회주의 국가가 되어 있었다. 그래서 전제군주제에서 사회주의 체제로 넘어가는 역사와 다른 나라들과의 관계를 지어내야 했다. 소언은 러시아, 중국, 미국과는 앙숙이었다. 사실 소언은 스위스, 스웨덴, 산마리노 공화국과만 교역했다. 소언은 아주 작은 나라였다. 남대서양에 있는 섬나라로 직경이 백 킬로미터밖에 안 되고, 어디에서도 멀리 떨어져 있었다. 소언에는 사시사철 바람이 불었다. 해안은 가파른 암석으로 이루어져 있었다. 그런 탓에 배들이 거기에 정박하기란 쉽지 않았다. 옛날에 그리스인 또는 페니키아인이 이 섬을 발견했다. 그때 아틀란티스* 신화가 탄생했다. 그러다 1810년에야 다시 발견됐다. 소언은 끝내 대형 선박을 위한 항구를 건설하지 않았다. 비행기 착륙장도 없었다. 다행히 나라가 작고 가난하다 보니 강대국들이 섬을 놓고 구태여 세력 다툼을 벌이거나 미사일 기지로 만들 생각을 하지 않았다. 세상은 소언을 조용히 내버려 두었다. 나는 4년가량 소언에서 많은 시간을 보냈다. 하지만 소언 생각을 하지 않은 지 1년이 넘었다. 지금은 모든 게 옛날 일처럼, 어린애 장난처럼 느껴진다. 하지만 우연찮게 다시 떠올리니, 바다 위로 깎아지른 절벽들과 기다란 양 목초지 위로 부는 바람과 섬 남쪽 해안 도시 배런이 아직도 눈에 선하다. 배런은 내가 가장 좋아하는 도시였다. 화강암과 삼목나무로 지어진 도시로, 바람 부는 절벽 너머로 남극해와 남극을 바라보고 있었다.

나는 소언의 역사 중 일부를 발굴해서 나탈리에게 보여 주었다. 나탈리는 정말로 재미있어했다. 그 애가 말했다.

---

* Atlantis, 대서양에 있었다는 전설의 대륙으로, 고도의 문명을 자랑하며 국세를 떨쳤지만 지진과 해일로 바다에 가라앉았다고 전해진다. 기원전 4세기에 플라톤의 저서에 언급된 것을 시작으로 지금까지 그 실존 여부가 미스터리로 남아 있다.

"나라면 이 나라의 음악을 만들겠다. 음악 얘기는 전혀 없네?"

"거기 악기는 다 관악기야."

내가 장난스럽게 말했다.

"좋아. 관악오중주. 클라리넷은 빼고. 클라리넷은 소언 분위기에는 너무 끈적거리니까. 플루트, 오보에, 바순…… 호른? 잉글리시 호른? 트롬본? 그래, 트롬본은 어울려……."

나탈리가 말했다. 장난으로 하는 말이 아니었다. 나탈리는 정말로 소언을 위한 관악오중주를 썼다.

나탈리는 자기 진로에 확고했다. 그 확고함이 나한테도 옮았다. 그런 것엔 전염성이 있었다. 할 수 있다면 하고 싶은 일이 무엇인가를 놓고 나도 심각하게 고민하기 시작했다. 의학 코스를 밟을까. 아니면 일단 생물학에 입문하고, 나중에 생물학과 심리학을 접목할 수 있는 곳으로 갈까. 아니면 아예 처음부터 심리학을 전공할까. 모두 근사했다. 모두 연관돼 있었다. 하지만 그것들 모두를 한꺼번에 공부할 수는 없었다. 그랬다간 죽도 밥도 안 된다. 문제는 어떻게 시작하느냐였다. 나중에 균형 있는 발상을 하려면, 어디부터 지식의 기초를 닦아야 하나. 분명히 작은 야심은 아니었다. 하지만 나탈리에게 배운 것이 있었다. 그것은, 차근차근히 밟아 간다면 세상에 무리한 야심이란 건 없다는 거였다.

모든 것이, 각자의 계획을 말하고 음악과 과학 이야기를 하고 소언과 곤달 이야기를 하는 것 모두, 너무 좋았다. 나탈리는 작곡 중인 소언 오중주를 나한테 조금씩 들려주었다. 나탈리에게 낡은 코넷 트럼펫이 하나 있었다. 예전에 러미지 세일*에서 1달러 주고 건진 거였다. 나탈리는 코넷으로 테마 부분을 들려주었다. 코넷을 부느라 얼굴이 벌게지고 눈이 튀어나왔다. 나는 6학년 때 1년 동안 학교 밴드에서 코넷을 분 적이 있었다. 그게 내 음악 인생의 전부였다. 하지만 나탈리만큼은 불 수 있었다. 우리는 코넷을 가지고 놀았다. 그걸로 온갖 삑삑 소리와 꽥꽥 소리와 뿡뿡 소리를 만들어 냈다. 나는 엉망이긴 했지만 '카프리 섬'도 연주했다. 한번은 내가 차로 나탈리를 토요일마다 일하는 음악 학원에 데려다 주었다. 데려다 준 김에 남아서 나탈리가 아이들을 데리고 오르프 음악 교육 하는 것을 구경했다. 그것도 굉장했다. 아이들이 각자 실로폰이나 벨이나 나무토막 같은 것을 손에 들고 일제히 치

---

* rummage sale, 미국 가정에서 집 안의 필요 없는 잡동사니를 모두 내놓고 싸게 파는 것.

기 시작했다. 여섯 살짜리 열네 명이 그런 물건들을 한꺼번에 두드리는 소리라니! 이건 뭐, 믹 재거*저리 가라였다. 나탈리는 아이들이 그런 방식으로 음악 이론을 익힌다고 주장했다. 나는 그건 음악 시간보다는 놀이 시간에 가깝고, 그런 놀이를 오래 할 경우 심각한 청각 감퇴가 우려된다고 말했다. 우리는 다시 차로 돌아왔다. 오는 길에 셰이크와 프렌치프라이를 먹었다. 그리고 나탈리의 집에 도착했다. 나탈리 아버지가 집에 있었다.

나탈리 아버지는 나에게 딱히 인사말도 건네지 않았다. 딸에게 이제 오냐고 하고 나는 쳐다보기만 했다.

나는 얼굴이 벌게졌다. 그리고 민망한 웃음이 올라왔다. 마음 같아서는 밟아 없애고 싶은 웃음. 그러다 문득 내가 나탈리를 사랑한다는 것이 생각났다. 그래서 더더욱 그 애 아버지나 그 애에게 아무 말도 할 수가 없었다. 나는 어쩔 줄 모르고 쭈뼛댔다. 그러다 이내 집으로 돌아왔다. 사랑에 젖어 있기로는 집이 훨씬 쉽고 편했다.

그다음 2주 동안은 나탈리를 서너 번밖에 못 만났다. 만나

* Mick Jagger, 영국 출신 록스타로, 록밴드 롤링스톤즈를 결성했다.

도 전보다 훨씬 재미없었다. 나탈리에게는 전에도 친하게 만나던 남자가 있었을까. 앞으로 남자 사귀는 문제는 어떻게 할 작정일까. 그리고 그런 면에서 나를 어떻게 생각하고 있을까. 나는 이런 생각들만 자꾸 들었다. 하지만 어느 것도 물어볼 엄두는 안 났다. 그러다 나탈리와 뚱뚱이 개 오빌을 데리고 다시 공원 산책에 나서게 됐고, 그때 나름대로 가장 근접한 질문을 던졌다.

"사랑과 직업을 동시에 추구할 수 있다고 생각해?"

질문이 불쑥 튀어나와 송장처럼 그 자리에 떠 있었다. 말해 놓고 보니 딱 주부 잡지에나 나오는 질문이었다.

나탈리가 말했다.

"그럼! 할 수 있지."

그러고는 나를 묘한 눈초리로 쳐다봤다. 그때 오빌이 길에서 그레이트데인*과 마주쳤고, 그 개에게 잡아먹을 듯 달려들었다. 소동이 끝났을 때는 좀 전의 바보 같은 질문 따위는 잊힌 뒤였다. 하지만 나는 계속 무겁고 우울한 기분이었다.

집으로 돌아올 때 나탈리가 왠지 아쉬워하는 투로 말했다.

* 털이 짧고 덩치가 큰 독일산 개. 크기에 비해 얌전하다.

"왜 요새는 원숭이 흉내 한 번도 안 내?"

나는 그 말에 화가 치밀었다. 정말로 화가 났다. 집에 왔을 때는 기분이 완전히 잡쳐 있었다. 내가 이 여자애를 와락 끌어 안고, 키스하고, '사랑해!'라고 말하고 싶을 때, 이 여자애가 내게 원하는 거라고는 바나나 껍질을 들고 펄쩍펄쩍 뛰면서 그 안의 벼룩이나 찾는 거였어?

나는 화가 나 견딜 수 없었다. 나탈리가 늘 친절하고 무덤 덤한 것에 분개했다. 그러다 나는 작정하고 그 애 생각을 했다. 그 애가 막 머리 감고 나온 날 그 애의 머릿결을 떠올렸다. 윤이 나고 찰랑찰랑했다. 그리고 그 애의 살결도 떠올렸다. 하얗고 아주 고왔다. 얼마 안 가 나는 나탈리의 정체를 만들어 냈다. 신비스러운 여자. 잔혹한 미녀. 갈망할 뿐 닿을 수는 없는 여신. 기타 등등. 그렇게 해서 나탈리는 나의 첫 여 자 친구이자 제일 친한 친구이자 유일한 친구에서, 내가 원하 면서 동시에 증오하는 대상이 되었다. 원하니까 증오하는 거 고, 증오하니까 원하는 거였다.

2월에 우리는 다시 바닷가로 드라이브 나갔다. 워싱턴 탄 생일*을 끼고 일주일 정도는 언제나 날씨가 끝내준다. 비가 그치고 햇살이 따뜻해진다. 나무에 새순이 돋기 시작하고,

나무에 따라서는 그 해 처음으로 꽃도 핀다. 봄의 첫 주이자 어떤 면에서는 최고의 주다. 처음을 장식하니까. 너무나 짧으니까.

그 주 날씨는 믿어도 되기 때문에 나는 앞질러 계획을 짰다. 토요일에 제이드 비치에 갈 계획이었다. 나탈리에게도 미리 음악 학원 수업을 대신 해 줄 사람을 찾고 레슨을 미뤄 놓으라고 했다. 나탈리 아버지가 반대한다 해도 상관없었다. 나탈리 아버지는 나탈리가 알아서 할 일이었다. 우리는 아이가 아니었다. 그 애도 매사 아버지의 허락을 구할 나이는 지났다. 그 애가 아버지 핑계를 대면 이렇게 말해 줄 참이었다. 하지만 그 애는 아무 말 안 했다. 그 애는 이번 여행에 유난히 열광하는 기색이 없었다. 하지만 내가 가고 싶어 하니까, 그걸 알고 내가 원하는 대로 따라 준 것 같다. 그게 친구의 도리니까.

우리는 오전 열한 시쯤에 해변에 도착했다. 썰물 때여서 조개 캐는 사람들이 몇 명 있었다. 우리는 이번엔 청바지 안에 반바지를 입고 왔다. 그리고 저번 때처럼 파도 속에서 놀았다. 하지만 저번과는 달랐다. 모래 위에 안개가 낮게 깔려 있

* Washington's Birthday, 또는 대통령의 날이라고 한다. 미국에서는 초대 대통령인 워싱턴의 탄생일을 즈음해서 매년 2월 셋째 주 월요일이 국가 공휴일이다.

었다. 안개가 짙거나 차갑지는 않았다. 다만 공기가 자개로 변한 것처럼 좀 흐릿할 뿐이었다. 파도도 조용히 와서 천천히 부서졌다. 청록색 물결이 기다랗게 밀려와서 둥글게 말렸다. 아련하게. 규칙적으로. 마치 최면을 거는 것 같았다. 우리는 한데 붙어 있지 않고 따로 떨어져서 하얗게 부서지는 파도를 밟았다. 내가 눈을 들었을 때 나탈리는 나보다 훨씬 위쪽에 있었다. 그 애는 발로 물보라를 일으키며 파도 거품 속을 천천히 걸었다. 그 애는 주머니에 손을 찔러 넣고 몸을 웅크리고 걸었다. 안개 깔린 해변과 안개 깔린 바다 사이에서 그 애는 아주 작고 약해 보였다.

밀물이 들기 시작하자 조개 캐던 사람들은 바닷가를 떠났다. 한 시간쯤 후에 나탈리가 어슬렁어슬렁 돌아왔다. 머리가 엉켜 있고 계속 코를 훌쩍거렸다. 바닷바람에 콧물이 나오는 모양이었다. 하지만 우리는 가져온 휴지가 없었다. 그 애는 차분하고 무심해 보였다. 자기 엄마처럼. 나탈리가 돌을 주워 왔다. 하지만 대부분 젖어 있을 때만 예쁘고, 마르니까 볼품없었다.

"먹자. 배고파 죽을 것 같아."

나탈리가 말했다.

나는 저번과 같은 장소, 커다란 통나무가 바람을 막아 주는 움푹한 곳으로 가서 흩어진 나무를 모아 불을 피웠다. 나탈리가 불 옆에 앉고 나는 그 애 옆에 앉았다. 나는 한 팔을 그 애의 어깨에 둘렀다. 그때였다. 심장이 쿵쾅쿵쾅 뛰기 시작했다. 겁날 만큼 세게 뛰었다. 기분이 이상하고 어질어질했다. 나는 나탈리를 와락 붙들고 키스했다. 우리는 키스했다. 나는 숨을 쉴 수 없었다. 그 애를 그렇게 세게 끌어안을 의도는 아니었다. 그 애에게 키스하고, 사랑한다고 하고, 사랑에 대해 이야기를 나눌 생각이었다. 그뿐이었다. 그 이상은 생각하지 않았다. 내게 어떤 느낌이 닥칠지, 그건 몰랐다. 물에 빠지고, 어마어마한 파도에 깔리고, 물살에 휘말려 헤엄도 못 치고 숨도 못 쉬는 느낌이었다. 내가 할 수 있는 것은 아무것도 없었다. 그런 느낌이 들 줄은 몰랐다.

파도가 나를 덮쳤을 때 나탈리도 그것을 느꼈다. 그것이 그 애까지 겁에 질리게 한 것 같다. 하지만 그 애는 거기 휘말리지 않았다. 나를 얼른 밀쳐 내고 몸을 뒤로 뺐다. 하지만 내 손은 놓지 않았다. 그 애는 내가 물에 빠져 허우적대는 것을 알고 있었다.

"왜 그래, 오언. 진정해. 이러지 마."

나탈리가 말했다.

나는 흐느끼고 있었다. 정말 울음이었는지 아니면 숨이 막혀 컥컥댄 건지, 그건 잘 모르겠다.

나는 차츰 충격에서 벗어났다. 하지만 아직 민망하거나 창피할 만큼은 멀쩡하지 않았다. 그래서 손을 뻗어 나탈리의 다른 손도 잡았다. 우리는 그렇게 모래에 무릎을 꿇고 마주 앉았다. 내가 말했다.

"나탈리, 왜 안 되는데……. 우린 애들이 아니야……. 너는……."

나탈리가 말을 끊었다.

"그래. 나는 싫어. 나는 싫어, 오언. 너를 사랑해. 하지만 이건 옳지 않아."

나탈리는 도덕적 올바름을 말하는 게 아니었다. 그 애가 말하는 올바름은 음악이나 생각이 제대로, 분명하게, 진심으로 나올 때 같은 올바름이었다. 그런 게 결국 도덕적 올바름인가? 잘 모르겠다.

결과적으로 '사랑해.'라고 말한 것은 나탈리였다. 내가 아니었다. 나는 운도 떼지 못했다.

나는 전에 했던 말들만 반복했다. 나는 계속 말을 더듬었다. 어쩔 수 없었다. 그리고 그 애를 계속 내 쪽으로 당겼다.

갑자기 그 애가 눈에서 빛을 뿜었다. 그리고 얼굴을 찡그리며 몸을 뒤로 빼더니 벌떡 일어섰다.

"싫어! 너와 이런 식으로 매이고 싶지 않아! 나는 우리가 감당할 수 있을 줄 알았어. 하지만 그럴 수 없다면 그럼 할 수 없는 거지, 뭐 어쩌겠어. 그뿐이야. 우리가 가진 걸로 충분치 않다면 그럼 관둬. 우리가 가진 건 그게 다니까. 그건 너도 알잖아! 그거면 많이 가진 거야! 그게 충분치 않다면 그럼 할 수 없지. 다 관둬!"

나탈리가 말했다.

나탈리는 홱 돌아섰다. 그리고 울면서 바다 쪽으로 해변을 걸어 내려갔다.

나는 한참 동안 혼자 앉아 있었다. 불도 꺼졌다. 나는 파도 거품이 만드는 선을 따라 해변을 걸었다. 그러다 나탈리가 북쪽 절벽 아래, 조수 웅덩이를 굽어보는 바위 위에 앉아 있는 것을 보았다.

나탈리의 코가 빨갰다. 다리에도 온통 소름이 돋아 있었다. 따개비가 덕지덕지 붙은 바위 때문에 다리가 유난히 하얗고 말라 보였다.

"저기 게가 있어. 저 커다란 말미잘 아래에."

그 애가 말했다.

우리는 한동안 조수 웅덩이를 들여다보았다. 내가 말했다.

"너 배고프겠다. 나도 배고파."

우리는 파도 거품을 따라 돌아왔다. 그리고 꺼진 불을 다시 피우고, 청바지를 입고, 점심을 먹었다. 이번에는 그리 많이 먹지 못했다. 이야기도 하지 않았다. 둘 다 더는 할 말이 생각나지 않았다. 머릿속에 오만 가지 생각이 오락가락했지만 나는 그중 어느 것도 말로 할 수 없었다.

우리는 점심을 먹고 곧바로 집으로 출발했다.

코스트 레인지의 정상 근처까지 왔을 때, 꼭 말하고 싶었던 한 가지가 생각났다. 그래서 말했다.

"있잖아, 남자는 좀 달라."

"그래? 글쎄, 모르겠어. 네가 결정할 문제야."

나탈리가 말했다.

나는 부아가 치밀었다. 그래서 말했다.

"결정하긴 뭘 해? 결정은 네가 벌써 해 놨잖아!"

나탈리가 나를 힐끔 보았다. 전처럼 냉담한 눈빛이었다. 그 애는 아무 말도 하지 않았다.

분노가 나를 완전히 덮쳤다.

"이게 여자들이 맨날 하는 수작이지, 안 그래?"

내가 비웃는 투로 쓰라리게 내뱉었다.

"함께 하는 선택이 진짜 선택이야."

나탈리가 말했다. 그 애 목소리는 평소보다 훨씬 낮고 가늘었다. 그 애가 눈을 깜빡이면서 얼굴을 돌렸다. 마치 풍경을 바라보는 것처럼.

나는 길만 보면서 계속 운전했다. 우리는 말 한마디 없이 112킬로미터를 달렸다. 집 앞에서 그 애가 말했다.

"잘 가, 오언."

여전히 작은 목소리였다. 그러고는 차에서 내려 집으로 들어갔다.

기억나는 것은 여기까지다. 그다음은 아무것도 생각나지 않는다. 그때부터 그다음 주 화요일까지는 아무것도 기억나지 않는다.

그런 걸 특정 기억 상실증이라고 부른다. 사고, 심한 부상, 분만 같은 것을 겪은 사람에게 종종 나타나는 증상이다. 그래서 내가 무엇을 했는지 기억나지 않는다. 다만 짐작은 이렇다. 나는 그때 극도로 속이 상해 있었다. 시간도 네 시 반밖에 안 돼서 집에 들어갈 마음이 없었다. 그래서 계속 차를 몰고 돌아다녔다. 짐작컨대 혼자 있고 싶기도 하고, 생각하고 싶기도 해서.

도시 서쪽의 교외 타운들 사이에 가파른 언덕길이 있다. 내가 왜 거기 있었는지는 모르겠다. 다만 길이 나오는 대로 무작정 달렸던 것 같다. 그러다 보나마나 그 언덕길에서 급회전을 했겠지.

뒤에 오던 차가 내 차가 언덕 아래로 떨어져 전복되는 것을 보고 구조를 요청했다. 구급차를 불렀겠지. 내가 의식 없이 널브러져 있었다니까. 뇌진탕. 어깨 탈골. 그 밖에 온몸에 괴상망측하고 시퍼런 멍들. 나는 운이 좋았다. 사람들이 그렇게 말했다. 차는 완파됐다.

정신이 들었을 때 나는 도시로 돌아와 병원에 있었다. 그리고 다음 날 집으로 돌아왔다.

병원에서의 일도 별로 기억나는 게 없다. 엄마가 병실에 있었고, 엄마가 제이슨이 두 번 문병 왔고, 나탈리 필드도 다녀갔다고 말한 것밖에는.

"참 착한 아이야."

엄마가 말했다.

모든 것이 지극히 자연스럽게 흘러갔다. 하지만 나는 될 대로 되라였다. 안개가 나를 제대로, 꼼짝없이 에워쌌다. 나는 그 안에서 완전히 혼자였다. 그 바깥에 뭐가 있고 누가 있는지 알지 못했다. 어떤 것도 중요하지 않았다. 물론 뇌진탕 증세 탓이 컸다. 하지만 그것 때문만은 아니었다.

이 모든 것이 아버지에게는 모진 경험이었다. 웬 낯선 목소리가 전화해서 "지금 댁의 아드님이 병원에 있습니다. 뇌진탕이 심해서 뇌 손상이 우려됩니다."라고 말한다. 토요일 대낮에 텔레비전으로 야구 경기를 보고 있다가 날벼락을 맞은 꼴이다. 그러다 자식이 무사할 거란 말을 듣고 안도와 감사에 휩싸인다. 다음에는 사고 차 견인 비용을 지불해야 하고, 차를 폐차해야 한다는 말을 듣는다. 그러자 아내는 "차야 아무렴 어때요. 오언만 무사하면 됐지!"라며 눈물을 쏟는다. 아버지는 그 차 때문에 속이 쓰리다. 하지만 그 상황에서 어떻게 차 망가진 걸 가지고 속상한 티를 내겠는가? 자기 아들이 코너링도 제대로 못해 언덕길에서 전복 사고를 일으켰다. 그 사실이 죽도록 창피하지만 그런 말을 어디 가서 하겠는가? 아들이 죽지 않고 살아온 것만도 감지덕지해야 할 판이다. 실제로 아버지는 감지덕지한다. 그저 문득문득 아들을 자기 손으로 죽이고 싶을 뿐이다. 아버지는 병원에 와서 아들에게 아무 걱정 말라고 한다. 차는 보험에 들어 놓았으니 아무 문제 없다. 걱정할 것 하나 없다. 다만 이런 사고 후에는 당분간 자동차 보험이 기막히게 비싸게 먹힐 테니, 당장은 차를 새로 사는 게 무리일 것 같다. 그러자 아들놈이 병상에서 이렇게 대꾸한다. "그럼요, 물론이죠. 괜찮아요."

나는 퇴원 후에 2주 정도 집에만 처박혀 있어야 했다. 의사가 시각장애 증상이 가실 때까지는 그러는 게 좋다고 했다. 아주 지루했다. 사물이 둘로 보여서 책도 읽을 수 없었다. 하지만 상관없었다. 어차피 읽고 싶은 마음도 없었다.

나탈리가 한 번 왔다. 사고 나고 그다음 주 금요일로 기억한다. 엄마가 내 방에 올라와서 알렸다. 나는 아무도 만나고 싶지 않다고 했다. 나탈리는 다시 오지 않았다. 제이슨과 마이크가 주말에 놀러 와서 우스갯소리를 하면서 좀 앉아 있다가 갔다. 녀석들은 내가 사고 당시를 기억 못해 아무 얘기도 못해 주자 실망스러워했다.

학교에 다시 나갔을 때도 나탈리를 피하는 것은 어렵지 않았다. 원래도 워낙 일과가 빡빡해 만나고 싶어도 만나기 어렵던 애였다. 점심을 늦게 먹으러 가고, 두 시 반에 버스 정류장에 가지만 않으면 됐다. 그러면 그 애와 마주칠 일이 없었다.

내가 왜 그랬는지, 왜 그 애를 만나고 싶지 않았는지, 그 이유를 여기서 설명해야겠지만, 나도 이유를 모르겠다. 물론 얼마간은 빤한 이유에서다. 창피하고 민망하고 등등. 그리고 분하고 화나고 등등. 하지만 그런 것들은 모두 판단이고 감정인데, 사실 이때 나는 아무 생각도 느낌도 없었다. 이러거나 저러거나 관심 없었다. 급한 것은 고통을 피하는 것뿐이었다. 사람들에게 손을 내밀어 보았자 부질없었다. 나는 혼자였다. 나는 그전부터 언제나 혼자였다. 한동안 그 애 덕분에 그렇지 않은 척하고 지냈지만 실상은 혼자였다. 그리고 결국 그 애에게도 내가 혼자라는 걸 증명해 보인 셈이었다. 다른 사람들처럼 그 애도 나에게 등 돌리게 만들었다. 그게 뭐 대수인가. 이래도 저래도 혼자라면, 좋다, 그렇지 않은 척하는 것보다야 그걸 받아들이는 게 나았다. 나는 이런 종류의 사회와는 맞지 않는 종류의 인간일 뿐이었다. 사람들이 나를 좋아해 주기를 기대하는 것은 멍청한 짓이었다. 나를 뭣 땜에 좋아하겠는가? 내 잘난 뇌 때문에? 뇌진탕으로 부어터진 잘나고 똑똑한 뇌 때문에? 뇌를 좋아하는 사람은 아무도 없다. 뇌는 흉물스럽기 짝이 없다. 그걸 버터에 볶아 먹는 사람들도 있다지만, 적어도 미국인 중에는 그런 사람이 거의 없다.

내가 있을 곳은 오로지 소언밖에 없었다. 소언에는 정부 같은 것은 없지만 주민이 원하면 들어갈 수 있는 기관 같은 것은 몇 개 있었다. 그중 하나가 '스칼라리'라는 연구 기관이었다. 스칼라리는 멀리 시골에, 소언에서 가장 높은 산 중턱에 세워져 있었다. 거대한 도서관이 있고 연구 실험실이 여럿 있고, 기본 과학 설비가 마련돼 있고, 강의실과 학습실이 즐비했다. 사람들은 필요에 따라 거기서 수업을 듣거나 가르치고, 취향에 맞게 단독으로 또는 팀을 이뤄서 연구할 수 있었다. 밤에도 마음만 내키면 벽난로가 여러 개 있는 드넓은 홀에 삼삼오오 모여서 유전학과 역사와 수면 연구와 고분자와 우주의 나이를 논했다. 이쪽 난로가의 대화가 마음에 들지 않으면 다른 벽난로로 가면 그만이었다. 소언의 밤은 언제나 추웠다. 안개가 산중턱까지 올라오지는 않았지만 늘 바람이 불었다.

하지만 이제는 소언도 옛일이었다. 다시는 그리로 돌아가지 않을 작정이었다. 돌아갈 길도 없었다. 나는 마침내 내 주제를 파악했다. 나는 고등학교를 졸업하고 다음 해에 주립대학교에 갈 주제였다. 그렇게 한 해, 또 한 해. 그렇게 버텨 나가는 거다. 알고 보니 나는 생각보다 훨씬 강했다. 심하게 강했다. 나는 강철 사나이였다. 만신창이가 된 차에서 말 그대로 멀쩡하게 살아 나왔다. 학교로 돌아가서 졸업하고, 주립대학교에 진학하고, 일자리를 얻고, 앞으로 50년 이상 더 산다. 그냥 그러면 된다. 거기에 딱히 이유는 없었다. 그것이 정해진 프로그램일 뿐이었다. 강철 사나이는 프로그래밍 된 대로 움직이는 법이다.

사실은 내가 이야기를 얼버무리고 있다. 막상 중요한 말은 자꾸 빼먹고 있다. 어떻게 말할지 난감하기도 하고, 생각하기 싫어서이기도 하다. 솔직히 말하겠다. 사고 후 몇 주가 내게는 악몽 같았다. 매일 아침에 일어날 때나 밤에 잠들 때 울고 싶었다. 견딜 수가 없었으니까. 하지만 견딜 수는 있어도 울 수는 없었다. 더는 울 일이 없었다.

그리고 더 이상 할 일도 없었다. 나는 이미 노력했다. 두 번 노력했다. 한 번은 나탈리와, 다른 한 번은 차와. 하지만 두 번 다 헛수고로 돌아갔다. 상황을 바꿀 방법은 없었다. 다시는 쓴맛을 보고 싶지 않았다. 내가 친구를 못 사귀는 놈이라면, 좋아, 친구 없이 살면 되지. 넋 놓고 운전하다 절벽에서 떨어져도 죽지 않을 팔자라면, 좋아, 살아 있으면 되지 뭐. 거스

르려고 애써 보았자 전보다 나아지는 것도 없었다.

　엄마가 내 걱정을 많이 했다. 나도 알고 있었다. 하지만 그것도 많이 신경 쓰이지는 않았다. 엄마가 내게 바라는 것은 첫째, 살아 있는 것과 둘째, 평범하게 사는 것이었다. 나는 살아 있었다. 그리고 엄마가 나에게 바라는 대로 하고 살았다. 그 과정에서 평범하지 못했다면 앞으로 50년 동안 평범한 시늉을 하면 그만이었다. 엄마가 내게 세 번째로 바라는 것은 행복하게 사는 것이었는데, 이 점에 있어서는 엄마에게 내세울 게 없었다. 그렇다고 내가 말썽을 부리거나 부루퉁해 있거나 싸움을 하거나 마약을 한 것은 아니다. 엄마가 만들어 주는 과자나 파이를 거부하지도 않았고, '미국 공산당'에 가입하지도 않았다. 다만 내 방에 틀어박혀 말없이 지냈다. 그리고 그건 전부터도 늘 하던 것이었다. 그래서 엄마는 내가 많이 불행한 건 아니고, 다만 기분이 가라앉았을 뿐이라고 생각했다. 내 기분에 나탈리 필드가 관련돼 있다는 것을 엄마도 모르지 않았다. 위에서도 말했다시피 우리 엄마는 고도로 지적인 사람이다. 다만 그것을 풋사랑의 아픔으로, 성장통으로, 누구에게나 있는 일로 치부했을 뿐이다.

　엄마와 달리 아버지는 자신이 아들에게 바라는 것이 무엇인지 정확히 몰랐다. 그래서 그런지 엄마보다도 아버지의 시름이 더 컸다. 그걸 아버지 본인은 느끼지 못했을 거다. 내가 그걸 느낀 것은 아버지가 내게 말하는 방식 때문이었다. 아버지는 형식적이고 확신 없이 말했다. 아버지는 나에게 무슨 말을 할지 몰랐고, 나도 아버지에게 할 말이 없었다. 아버지나 나나 어쩔 도리가 없었다. 하지만 그런들 어떻고 저런들 어떻겠는가?

이 시기에 내가 한 일을 찾자면, 샤워를 부쩍 많이 했다. 요란한 물소리와 자욱한 수증기 속에서는 정말로 혼자가 될 수 있다. 그리고 마이크와 제이슨과 뻔질나게 영화 보러 다녔다. 가끔은 아빠 차를 빌려 타고 극장에 갔다. 내가 되도록 빨리 운전을 재개하는 것이 중요하다는 점에서는 아버지나 나나 생각이 같았다. 그래야 사고 후 소심증을 극복할 수 있었다. 처음 한두 번은 나에게도 아버지에게도 고역이었다. 하지만 나중에는 괜찮아졌다. (이런 때는 선택적 기억상실이 힘이 됐다.) 나의 운전 재개가 아버지에게 한 줄기 희망을 던져 주었다. 오언 녀석이 완전히 구제불능은 아닌가 봐. 하기야 자동차 부숴 먹는 십대가 한둘인가. 그런 거야 남자라면 한번쯤 겪는 일이지.

한편 내가 할 수 없었던 일도 있었다. 그건 학교 숙제였다. 공부하는 의미를 찾을 수 없었다. 전에는 지겨운 수업이 있어도 입에 발린 말로 선생님들을 홀리면서 그럭저럭 때웠다. 하지만 이제는 수학도 지긋지긋했다. 그리고 수학은 입에 발린 말로 넘어갈 수 없다. 나는 숙제 하는 것을 딱 끊었고 시험도 대충 봤다. 상급 수학 반은 학생 수가 몇 안 되는 터라 선생님이 당장 눈치채고 나를 불러 잔소리했지만 난 그저 "네, 네." 하면서 얼버무렸다. 선생님이 무얼 어쩔 수 있는 일도 아니었다. 다른 과목들은 선생님들이 워낙에 나의 착실함에 길들여져 있어서, 내가 더는 착실하지 않은 것을 눈치채지 못했다. 그저 수업에 꼬박꼬박 나타나면 내가 예전과 같다고 여겼다. 나는 사실 수업은 그리 빼먹지 않았다. 땡땡이 치고 싶긴 했다. 학교가 미치게 싫었으니까. 수업도 수업이지만, 복도를 가득 메우고 떠드는 아이들, 사람이 지나가면 쳐다보는 눈초리들, 그런 것들이 더 싫었다. 하지만 달리 어쩌겠는가? 집에 있고 싶어도 집엔 엄마가 있었다. 그렇다고 종일 도시를 쏘다닐 수도 없는 노릇이었다.

그렇게 3월이 지나고 4월의 대부분이 흘렀다. 온통 안개였다. 안개와 영화들.

어느 날 오후 여러 귀가 경로 중 하나로 학교에서 돌아오다가 제일연합교회 앞을 지났다. 교회 밖에 금요일 저녁 시민 관현악단의 춘계 연주회가 열린다는 알림판이 걸려 있었다. 소프라노 레일라 본의 협연으로 로베르트 슈만, 펠릭스 멘델스존, 안토니오 비발디, 그리고 나탈리 필드의 곡이 연주될 예정이었다.

필드. 아름다운 이름이다. 파란 하늘 아래 초록으로 물든 여름 들판이 떠오른다. 비스듬한 햇살 속에 이랑 그림자가 길게 누워 있는 고동색 겨울 들판도 떠오른다.

몹시 고통스러웠다. 믿기 어려울 만큼 고통스러웠다. 깔끔한 고통도 아니었다. 반은 질투였다. 그것도 가장 치사한 종류의 질투. 하지만 아무리 치사해져도, 나도 믿기 어려울 정도로 치사해져도, 차마 할 수 없는 것이 두어 개 있었다. 그중에 하나가 나탈리 필드의 곡이 처음 무대에 오르는 자리에 가 보지도 않는 것이었다.

교회를 지날 때부터 나는 가야 한다는 것을 알았다. 하지만 막상 간다고 생각하니까, 그리고 당연하지만 혼자 갈 생각을 하니까, 그것도 고통의 일부였다. 무언가의 마지막처럼 느껴졌다. 내가 마지막으로 해야 할 일이었다. 마지막 의미 있는 일. 세상이 의미 있던 시절이 남긴 마지막 의무. 그걸 끝내면 내 할 일은 끝이었다. 영원히.

집에 도착하니 우편물이 와 있었다. MIT 입학 사정회에서 보낸 통지서였다. 엄마는 그걸 현관 탁자에 올려놨을 뿐, 거기에 대해 일언반구 없었다. 나는 편지를 가지고 방에 올라가 뜯어 보았다. 내가 합격했다는 것과 전액 장학금을 주겠다는 내용이었다. 적어도 조금은 뿌듯하거나, 아니면 뭐랄까, 음, 통쾌해야 마땅했지만, 그런 기분도 들지 않았다. 그러거나 저러거나 상관없었다. 어쨌거나 장학금만으로는 매사추세츠에 가서 공부할 생활비와 경비를 감당할 수 없었고, 또 어차피 나는 가지 않을 거니까. 대학교에 열흘 이내에 답신해야 했다. 하지만 나는 편지를 책상 서랍에 처박아 두고 잊어버렸다. 그냥 하는 말이 아니라 정말로 잊어버렸다. 그 통지서는 아무 의미가 없었다.

제이슨이 금요일 저녁에 쇼를 보러 가자고 했다. 나는 부모님과 어디 간다고 했다. 그리고 부모님에게는 제이슨이랑 쇼를 보러 간다고 했다. 나는 그런 거짓말을 많이 했다. 아무도 해치지 않고 또 세상에 아무런 차이를 만들지 않는 시시한 거짓말들. 사실대로 말하는 것보다 거짓말을 하는 게 훨씬 편했다. 만약 제이슨에게 쇼에 가기 싫다고 했으면 제이슨은 따졌을 거다. 만약 제이슨에게, 또는 부모님에게 교회에서 열리는 연주회에 간다고 곧이곧대로 말했으면, 그들은 내가 별짓 다 한다고 생각했을 거다. 나는 이제 혼자 별종으로 사는 데 신물이 났다. 그리고 교회에 간다고 했다가 그들이 교회 밖 알림판에서 나탈리 이름이라도 본다면? 이러쿵저러쿵할 거다. 하지만 그건 그들이 상관할 문제가 아니었다. 그뿐 아니다. 제이슨이 나를 따라나섰을 거다. 녀석은 너무 따분해서, 누구라도 같이할 인간만 있으면 뭐든 할 녀석이다. 결론적으로 거짓말하는 게 한결 속 편했다. 꾸역꾸역 거짓말을 하다 보면, 다른 사람들도 모두 안개 속에 갇혀서 그들이 더는 나를 보거나 만질 수 없게 된다.

금요일 저녁 연주회에 가는 기분은 굉장히 묘했다. 4월 말이었고, 이제는 저녁에도 따뜻했다. 따뜻하고 바람 부는 날이었다. 화단마다 꽃이 피었고 구름이 별들을 가리며 흘렀다. 교회로 걸어가는데 어질어질했다. 왜 그런 느낌 있지 않나? 처음 하는데도 전에 해 본 것 같은 느낌. 그런데 이때의 내 기분은 그것과 정반대였다. 일주일에 닷새, 하루에 두 번씩 지나

다니는 길인데도 생전 처음 와 보는 길거리 같았다. 모든 게 생소해 보였다. 나는 늦은 저녁에 낯선 도시를 헤매는 이방인이 된 기분이었다. 무섭긴 했지만 나름 짜릿하기도 했다. 나는 집들을 지나갔다. 차들이 나를 지나갔다. 나는 생각했다. 저 집들과 차들 안에 영어를 하는 사람이 아무도 없다면? 다들 내가 모르는 다른 언어로 얘기한다면? 정말로 여기가 한 번도 와 본 적 없는 이방의 도시라면? 단지 내가 정신이 이상해져서 여기서 평생 살았다고 착각하는 거라면?

나는 사방을 둘러보았다. 길거리들. 집들. 정말 관광객처럼 두리번거렸다. 그랬더니 상상이 아니라 사실 같았다. 정말로 풍경이 낯설었다. 바람이 계속해서 내 얼굴을 때렸다.

교회에 도착했을 때 사람들이 들어가고 있는 것을 보고 나는 몹시 불안하고 짜증이 났다. 나는 몰래 숨어 들어갔다. 눈에 덜 띄는 일이었다면 네발로 기는 것도 불사했을 거다. 주로 나무로 지은 크고 오래된 교회였는데 안에 들어가니 휑하고 어둡고 천장이 높았다. 안에 들어와 본 건 이번이 처음이었다. 덕분에 생판 이방인, 낯선 외국인이 된 느낌을 유지하기 쉬웠다. 교회 안이 사람들로 북적였다. 그리고 계속해서 사람들이 들어왔다. 하지만 내가 아는 사람은 아무도 없었다. 나탈리가 앉을 자리가 어딘지도 몰랐다. 막연히 앞에 앉을 거라고만 생각하고 나는 맨 끝줄, 맨 끝자리에 앉았다. 그것도 출입문에서 멀리 떨어진 안쪽, 기둥 뒤 최대한 눈에 안 띄는 곳에 앉았다. 누구를 보게 되는 것도 싫었고 눈에 띄는 것도 싫었다. 나는 혼자 있고 싶었다. 온 사람들 중에 내가 얼굴만이라도 아는 사람은 둘밖에 없었다. 우리 학교 여자애 두 명이었는데 나탈리 친구들인 듯했다. 교회가 사람들로 가득 찼다. 하지만 장소가 교회여서 그런지 크게 떠드는 사람은 없었다. 사람들 말소리가 해변에 밀려오는 물소리 같았다. 거대하고 부드러운 소음. 영어도 아니고 어느 것도 아닌 소리. 나는 앉아서 등사로 인쇄한 연주회 프로그램을 읽었다. 머리가 어질어질하고 기분이 선뜩선뜩했다. 세상과 동떨어진 느낌이었다. 완전히 동떨어진 느낌.

나탈리가 작곡한 노래들은 프로그램 순서에서 끝에서 두 번째였다. 관현악단의 연주는 꽤 훌륭했다. 열심히 들은 것은 아니었다. 멍하니 들었다. 하지만 멍하게나마 음악을 즐겼다. 나를 멍하니 있게 해 줘서 좋았다. 중간에 휴식 시간이 있었지만 나는 그때도 자리를 지켰다. 시간이 흘러 드디어 아래 앞줄에 앉아 있던 성악가가 일어섰다. 반주는 현악사중주 곡

이었다. 나탈리가 비올라 파트를 연주하고 있었다. 이것까지
는 예상하지 못했다. 거대한 몸집의 중년 남자 첼리스트 옆에
앉은 나탈리가 보였다. 첼리스트에 가려 거의 보이지 않았다.
그 애 머리만 겨우 보였다. 그 애 머리가 조명을 받아 새까맣
게 반짝거렸다. 나는 다시 몸을 숙였다. 지휘자는 말이 많은
남자였다. 지휘자는 우리 도시의 음악 활동에 대해 길게 늘어
놓다가, 장래가 촉망되는 열여덟 살짜리 젊은 연주자 겸 작곡
가를 장황하게 소개했다. 마침내 지휘자가 입을 다물었고, 음
악이 시작됐다.

성악가는 훌륭했다. 유명한 사람은 아니고 교회에서 찬송
하는 여자 같았는데, 목소리가 우렁찼고 노랫말과 가락을 제
대로 살려서 불렀다. 첫 번째 노래는 〈사랑과 우정〉이었다.
사랑은 들장미 같은 반면 우정은 호랑가시나무 같다는 내용
의 소박한 시에 붙인 노래였다. 선율이 고왔다. 청중도 예쁜
노래라고 여겼는지 그런 티를 냈다. 노래가 끝나자 박수가 터
졌다. 나탈리는 앉아서 눈도 안 들고 얼굴을 찌푸렸다. 원래
는 노래 세 개가 다 끝난 다음에 박수를 치는 게 관례였다. 성
악가가 민망한 얼굴로 어정쩡하게 인사했다. 청중은 그제야
상황을 깨닫고 잠잠해졌다. 두 번째 노래가 시작됐다. 에밀리

브론테가 스물두 살 때 쓴 시에 곡을 붙인 노래였다.

나는 재물이 부럽지 않아.

사랑도 가벼이 웃어넘기지.

명예욕도 한낱 꿈에 불과해서,

아침이 오면서 사라져 버렸지.

만약 내가 기도한다면,

내 입술을 움직이는 유일한 기도는

"제 마음을 지금 이대로 두시고

저에게 자유를 주소서."

그래, 세월이 빠르게 흘러 마지막이 다가올 때

내가 갈구하는 것은 오직 이것뿐.

삶에서든 죽음에서든 인내할 용기를 가진

자유로운 영혼이고 싶어라!*

* 에밀리 브론테의 〈나는 재물이 부럽지 않아(Riches I hold in Light Esteem)〉라는 시다.

바이올린과 첼로가 긴 음들을 잔잔하게 연주했다. 음이 떨리면서 낮게 깔렸다. 그러다 성악가와 비올라의 화음이 이어졌다. 둘이서 어우러지다가 맞서다가를 반복했다. 강하고 절절하고 비통한 선율이었다. 그러다 마지막 행에서 뻥 뚫리면서 노래가 끝났다.

청중은 박수를 치지 않았다. 끝난 줄 몰랐을 수도 있고, 노래가 별로여서 그랬을 수도 있고, 아니면 겁을 먹었을 수도 있다. 교회 전체가 숨소리 하나 없이 조용했다. 이윽고 세 번째 노래 〈언덕 위의 옅은 안개〉*가 흘렀다. 아주 잔잔한 노래였다. 나는 울기 시작했다. 노래가 끝난 다음에도 울음이 멈추지 않았다. 사람들이 박수를 쳤다. 나탈리는 예의상 일어서서 인사했다. 나는 자리에서 일어나 더듬더듬 신도석 뒤로 나갔다. 우느라 앞이 안 보여서 거의 감으로 움직였다. 나는 교회 밖으로 나왔다. 밖은 캄캄한 밤이었다.

나는 공원 쪽으로 걷기 시작했다. 가로등이 무지개색 후광을 두른 커다란 빛 덩어리들로 보였다. 눈물에 닿은 바람이 차가웠다. 머리는 뜨겁고 멍했다. 성악가의 목소리가 아직도

---

* 원 제목은 〈Mild the Mist upon the hill〉, 마찬가지로 에밀리 브론테의 시다.

머릿속에 윙윙거렸다. 걸으면서도 발이 보도에 닿는 느낌이 없었다. 옆을 지나는 사람이 있어도 보이지 않았다. 나는 길거리를 울면서 걸었다. 행인들이 보거나 말거나 관심 없었다.

　나는 환희를 느꼈다. 감당하기 벅찰 만큼 모든 것이 한꺼번에 덮쳤다. 그렇지만 그 안에서 환희를 느꼈다. 어떤 면에서는 사랑이었다. 그냥 사랑이 아니라 진짜 사랑이었다. 나는 그 노래에서 나탈리의 전체를 보았다. 그 애의 본모습을 보았다. 그리고 나는 그 애를 사랑했다. 그건 감정이나 욕망이 아니었다. 그건 사실 확인이었다. 하늘의 별을 보는 것 같은 환희였다. 그 애에게 그런 능력이 있다는 것을 알아서 벅찼다. 그 애가 만든 노래를 사람들이 숨죽여 듣고, 그 애가 만든 노래가 나를 울렸다. 그 애에게 그런 능력이 있었다. 그게 나탈리였다. 그게 그 애였다. 그것이 그 애의 실체고 그 애의 진실이었다.

　하지만 그것과 함께 밀려드는 고통도 심하게 컸다. 너무 커서 다스릴 방도가 없었다.

　두 블록을 걷고 나자 눈물이 말랐다. 나는 계속 걸었다. 하지만 공원 끝까지 갔을 때 너무 피곤해서 발길을 돌려 집으로 향했다. 열다섯 블록가량 되는 거리였다. 걸으면서 무슨 생각을 했고 무슨 기분이 들었는지 잘 기억나지 않는다. 나는 캄 캄한 밤에 무작정 걸었다. 영원히 걸으라고 해도 걸을 수 있 을 것 같았다. 그렇게 계속. 언제까지나. 다만 도시가 낯설어 보이던 느낌은 사라졌다. 이제는 모든 것이 친숙했다. 온 세 상이, 하늘에 별까지 전부 다, 친숙했다. 나는 더 이상 이방인 이 아니었다. 어두운 화단에서 문득문득 흙냄새와 꽃향기가 풍겼다. 그건 기억난다.

나는 동네 길에 접어들었다. 필드 가족의 집에 가까워졌다. 그 집 차가 집 앞에 멈춰 섰다. 필드 씨와 필드 부인과 나탈리 와 다른 젊은 여자가 차에서 내렸다. 네 사람이 얘기를 나누 었다. 나는 걸음을 뚝 멈추고 그 자리에 서 있었다. 나는 앞뒤 가로등 사이에 있었다. 나탈리가 멀찍이서 그것도 어둠 속에 서 나를 보았다는 게 신기하다. 그 애가 내 쪽으로 똑바로 걸 어왔다. 나는 그냥 서 있었다.

"오언?"

내가 말했다.

"응, 안녕."

"연주회에 온 거 봤어."

"응. 연주하는 거, 들었어."

그리고 나는 피식 웃었다.

나탈리는 긴 드레스를 입고 비올라 케이스를 들고 있었다. 머리가 아직도 까맣게 반짝거렸다. 얼굴에서도 빛이 났다. 자작곡을 상연한 흥분감과 뒤풀이 파티에서 사람들에게 축하받은 흥분감이 가시지 않은 얼굴이었다. 눈도 평소보다 커져 있었다.

"내 노래 끝나고 나가더라."

"그래. 그때 본 거야?"

"그 전에 봤어. 뒤에 앉아 있는 거. 네가 어디 있나 찾았어."

"내가 올 줄 알았어?"

"왔으면 했지. 아니, 올 거라고 생각했어."

그 애의 아버지가 현관에서 불렀다.

"나탈리!"

"아버지가 자랑스러워하셔?"

내가 물었다.

나탈리가 고개를 끄덕였다.

"들어가야 해. 우리 언니가 연주회 보러 왔어. 너도 같이 갈래?"

그 애가 말했다.

"못 가."

내가 그럴 수 없었다는 뜻이다. 딱히 막는 사람이 있었다는 뜻이 아니라.

"내일 저녁에 올래?"

그 애가 갑작스런 목소리로 물었다. 맹렬한 말투로.

내가 대답했다.

"좋아."

"얘기하고 싶어."

나탈리가 아까와 같은 목소리로 말했다. 그리고 돌아서서 집으로 걸어갔다. 그 애가 집에 들어갔다. 나는 그 애의 집을 지나 걸었고 집에 왔다.

아버지는 텔레비전을 보고 있었다. 엄마는 아버지 옆에 앉아서 털실 자수를 하고 있었다. 엄마가 말했다.

"짧은 영화였니?"

나는 그렇다고 했다. 엄마가 또 물었다.

"재미있었니? 무슨 영화였니?"

나는 "음, 모르겠어요."라고 말하고 방으로 올라갔다. 나는 밤바람에서 막 걸어 나와 다시 안개 속으로 들어왔다. 그 안개 속에서는 말이 안 나왔다. 뭐든 진심은 나오지 않았다.

부모님의 잘못은 아니었다. 모든 것을 부모 세대 탓으로 돌리는 책들이 있다. 심지어 일부 심리학자들도 그런 책을 쓴다. 행여 내 말이 그렇게 들렸다면 그건 내가 표현을 똑바로 못한 거다. 상황이 이렇게 된 건 부모님 탓이 아니었다. 부모님이 항상 안개 속에 발을 걸치고 살면서, 진실을 캐려는 노력 없이 수많은 거짓말을 그대로 수용하는 것은 사실이다. 그래서 뭐? 안 그러는 사람도 있나? 부모라고 이런 상황이 좋겠는가? 나만큼 싫을 거다. 부모님이 강한 사람들이어서 견디는 게 아니다. 오히려 그 반대라서 그러고 사는 거다.

다음 날 저녁 나는 나탈리네 집에 갔다. 처음 갔던 날과 비슷했다. 필드 부인이 문을 열어 주었고, 나탈리는 연습하고 있었다. 나는 어둑한 현관에서 기다렸고 음악 소리가 멈췄고 그 애가 계단을 내려왔다.

나탈리가 말했다.

"나가서 산책하자."

"비가 와."

"상관없어. 밖에 나가고 싶어."

그 애가 말했다.

그 애는 외투를 입었다. 우리는 공원을 향해 길을 올라가기
시작했다.

그 애의 얼굴에 아직도 팽팽하게 들뜬 기색이 남아 있었다.
그게 가라앉으려면 시간이 좀 필요한 듯했다.

"그동안 어떻게 지냈니?"

반 블록쯤 걸었을 때 나탈리가 물었다.

"별거 없었어."

"대학들에서 아무 소식 없었어?"

"있었어. 한 군데."

"어디?"

"MIT."

"뭐래?"

"음, 받아 주겠대."

"장학금은 없고?"

"준대. 등록금."

"전액?"

"음, 그래."

"우와, 잘됐다! 그래서 어떻게 결정했어?"

"결정한 거 없어."

"다른 학교들도 기다려 보는 거야?"

"그게 무슨 말이야? 아, 나 주립대에 갈 거야. 아마."

내가 말했다.

"주립대? 뭐 하러?"

"대학 졸업장 따러."

"그게 아니라 왜 거길 가? MIT에 있는 그 학자랑 공부하고 싶다며."

"대학 신입생이 노벨상 수상자들과 '공부'할 수는 없어."

"하지만 언제까지나 신입생은 아니잖아?"

"그래. 어쨌든 난 안 가기로 결정했어."

"아까는 아무것도 결정한 거 없다고 하지 않았나?"

"결정하고 말고 할 게 없어."

나탈리는 두 손을 외투 주머니에 찔러 넣고 고개를 수그리고 발꿈치로 땅을 쿵쿵 찍으며 성큼성큼 걸었다. 화난 것처럼 보였다. 하지만 한 블록쯤 걷다가 다시 입을 열었다.

"오언."

"응."

"난 정말 이해가 안 돼."

"뭐가?"

지금 생각하면 나탈리가 대화를 포기하지 않은 게 용하다. 나는 그 애의 말에 퉁명스럽고 멍하고 무관심하기 짝이 없는 대꾸로 일관하고 있었다. 하지만 그 애는 대화를 놓지 않았다.

"제이드 비치에서 있었던 일 말이야."

"아, 그거. 음, 괜찮아."

나는 그 얘기는 하고 싶지 않았다. 그 일이 안개를 뚫고 거대하게 다가왔다. 너무 크고 너무 단단하고 너무 모질게 다가왔다. 나는 돌아서고 싶었다. 거기서 눈을 피하고 싶었다.

"그 일에 대해 그동안 많이 생각했어."

나탈리가 말했다.

"나는 앞날의 계획이 다 섰다고 생각했어. 적어도 한동안은. 적어도 앞으로 2, 3년 동안은. 그 계획에 따라 나는 누구와도 심각하게 얽힐 맘이 없었어. 사랑에 빠지거나 연애를 하거나 결혼하거나 그런 거 말이야. 나는 아직 어리고 앞으로 할 일이 많으니까. 미련하게 들릴지 몰라도 사실이 그래. 하기야 내가 남들처럼 섹스를 쉽게 여긴다고 큰일 날 일은 없겠지. 하지만 나는 그런 타입이 아닌 것 같아. 나는 뭐든 가볍게 넘기지 못하는 성격이니. 있잖아, 정말 좋았던 건 우리가 친구가 됐다는 거야. 세상에는 연인 간의 사랑도 있고, 친구 간의 사랑도 있어. 나는 우리 사이가 그런 거라고 생각했어. 나는 우리가 해냈다고 생각했어. 남자와 여자는 친구가 될 수 없다는 말들은 다 틀렸다고 생각했어. 그런데 사람들 말이 맞는 것 같기도 해……. 내가 너무…… 이론적이었나……."

"모르겠어."

내가 말했다. 더는 아무 말도 하고 싶지 않았다. 하지만 말이 꾸역꾸역 기어 나왔다.

"네 말이 맞는 것 같기도 해. 내가 때도 모르고 섹스 같은 걸 밀어붙였어."

"때가 아닌 건 아니지."

그 애가 시무룩하고 우울한 목소리로 말했다. 그러다 특유의 맹렬한 목소리로 말을 이었다.

"섹스에게 지금은 바쁘니까 꺼졌다가 이 년 후에 다시 오라고 말할 수는 없잖아!"

우리는 한 블록 더 지났다. 비가 안개처럼 미세하게 내려서 얼굴에 물이 떨어지는 느낌도 없었다. 하지만 뒷목을 타고 빗물이 흘러내리기 시작했다.

나탈리가 말했다.

"내가 남자랑 처음 데이트한 게 열여섯 살 때였어. 그 남자

애는 열여덟 살이었는데 오보에 연주자였어. 오보에 부는 애들은 다 괴상해. 그 남자애도 차가 있었는데 전망 좋은 장소만 나타나면 차를 세우고 다짜고짜 내 쪽으로 엎어지곤 했어. 그러면서 '이건 우리 힘으론 어쩔 수 없는 거야, 나탈리!' 어쩌고 하면서 주절대는 거야. 짜증이 나서 결국 이렇게 쏴 주었지. '네 힘으로는 어림없을지 몰라도 내 힘으론 가능해!' 그랬더니 다시는 안 그러더라. 걔는 어차피 얼간이였어. 나도 마찬가지였고. 암튼 그랬어. 그런데 이제는 그 남자애의 말을 알 것도 같다."

한참 후에 나탈리가 다시 입을 열었다.

"하지만 역시……."

"역시 뭐?"

"역시 때가 아니야, 그렇지?"

"뭐가?"

"너랑 나랑. 잘될 리가 없어, 그렇지?"

"응."

내가 대꾸했다.

그랬더니 나탈리가 발끈했다. 그 애는 걸음을 멈추고 성난 얼굴로 나를 노려보았다.

"너는 이래도 그만 저래도 그만이야? 결정하고 말고 할 게 없어? 없긴 왜 없어! 그럼 내 결정은 맞는 결정이야? 나도 몰라! 그런 결정을 왜 나 혼자 해야 하는데? 우리가 친구라면, 그것도 문제야. 우리가 친구이기는 해? 그럼 결정을 해도 같이 해야 하는 거 아니야? 안 그래?"

"알았어. 우리가 결정했어."

"그럼 왜 나한테 화가 났는데?"

우리는 주차장의 거대한 마로니에 나무 아래에 있었다. 나무 아래는 어두웠다. 가지들이 비를 막아 주었다. 가로등 불빛을 받은 마로니에 꽃들이 우리 머리 위에서 촛불처럼 빛났다. 나탈리의 외투와 머리는 그림자처럼 어둠에 묻혔다. 보이는 것이라고는 그 애의 얼굴과 눈뿐이었다.

"화 안 났어."

내가 말했다. 발아래서 땅이 흩어지는 것 같았다. 세상이 흩어졌다 다시 모이고 있었다. 지진이 났다. 붙잡을 것이 아무것도 없었다.

"나는 완전히 뒤죽박죽이야. 그래서 그래. 뭐가 뭔지 전혀 모르겠어. 감당이 안 돼."

"왜 그러는데, 오언? 뭐가 문젠데?"

"나도 모르겠어."

내가 말했다. 나는 나탈리의 어깨에 양손을 올렸다. 그 애가 가까이 다가와 내 몸통에 팔을 둘렀다.

"무서워."

내가 말했다.

"뭐가?"

그 애가 내 외투에 얼굴을 묻고 물었다.

"살아 있는 게."

나탈리가 나를 꽉 안았고, 나도 그 애에게 달라붙었다.

"어떻게 할지 모르겠어. 계속해서 꾸역꾸역 살아야 할 날은 많은데 어떻게 살아야 할지 모르겠어."

내가 말했다.

"살아야 할 이유를 모르겠다는 거야?"

"그런 것 같아."

"이걸 위해 살면 되지."

나탈리가 나를 계속 붙잡고 말했다.

"이걸 위해서. 너를 위해서. 네가 해야 할 일들을 위해서. 생각하기 위해서. 음악을 듣기 위해서. 너는 이미 알고 있어, 오언. 그걸 모르는 사람들 말만 듣는 게 문제야!"

"그래, 그런가 봐."

내가 말했다. 몸이 떨렸다.

나탈리가 말했다.

"춥다. 우리 집에 가서 별난 차나 마시자. 나한테 중국차가 있는데 진정 효과가 있고 장수를 돕는대."

"장수! 지금 나한테 딱 필요한 거네."

우리는 오던 길로 돌아섰다. 돌아오는 동안 우리는 별말 하지 않았다. 나탈리네 부엌에서 물이 끓기를 기다리며 우두커니 서 있을 때도 별말 하지 않았던 것 같다. 우리는 찻주전자와 잔을 들고 나탈리의 연습실로 올라가서 동양풍 러그 위에 앉았다. 중국 허브티는 맛이 진짜 고약했다. 입안을 박박 문질러 닦는 느낌이 났다. 하지만 거기에 익숙해지니까 나름 시원하기도 했다. 나는 아직도 감정이 상한 상태였지만 거기에도 차츰 익숙해졌다.

"소언 오중주는 다 썼어?"

내가 물었다.

내가 나탈리를 만나지 않은 지 고작 8주밖에 안 됐지만 8년이 흐른 것 같았다. 그리고 그동안 우리는 전과 전혀 다른 사이가 돼 있었다.

"아직. 하지만 느린 부분은 다 됐어. 마지막 부분도 생각해 두었어."

"있잖아, 나탈리, 어제 연주회 때 발표한 노래들 말이야. 나 그거 듣고 울었어. 두 번째 노래."

"알아. 그걸 보고 너랑 다시 얘기해야겠다고 생각한 거야. 나는…… 우리가 얘기가 통한다는 걸 알았어. 내 말은……."

"그게 네가 진짜로 얘기하는 방식이니까. 나머지는 그저 말에 불과하니까."

나탈리는 나를 똑바로 쳐다보았다. 그러다 말했다.

"오언, 너는 내가 아는 사람 중에 가장 괜찮은 사람이야. 너 말고는 그걸 이해하는 사람이 없어. 심지어 음악 하는 사람들 중에도 그걸 알아주는 사람이 없어. 나는 음악이 아니면 다르게는 얘기할 줄 몰라. 심지어 다른 것이 될 수도 없어. 나중이라면 또 모를까. 언젠가 내가 음악에 통달하면, 음악 하는 방법을 깨치고 나면, 그때는 다른 나머지도 할 수 있을지 모르지. 또 알아? 그때는 나도 멀쩡한 인간이 될지. 하지만 넌 이미 인간이야."

"난 원숭이야. 인간 행세를 하는 원숭이."

내가 말했다.

"네가 그건 끝내주지. 너처럼 잘하는 애 못 봤어."

나탈리가 말했다.

나는 러그 위에 배를 깔고 누워서 내 찻잔 속을 들여다보았다. 차는 뿌연 황토색이었는데 그 안에 중국산 건더기가 둥둥 떠다녔다.

"이게 정말 진정 효과가 있다면 어디에 영향을 미치는 걸까? 중추신경계? 대뇌? 소뇌? 아니면 다른 데?"

내가 말했다.

"쇠 수세미 맛이 나. 쇠 수세미에 진정 효과가 있나?"

"몰라. 한 번도 안 먹어 봤어."

"아침으로 좋아. 우유와 설탕을 곁들여."

"성인 기준 하루 철분 권장량의 오천 퍼센트."

나탈리는 웃다가 나온 눈물을 훔쳤다.

"나도 말을 잘하면 좋겠다. 나도 너 같으면 좋겠다."

"내가 어떻게 말하는데?"

"꼬집어 말하기 어려워. 난 말재주가 없으니까. 난 연주할 줄만 알아."

"듣고 싶어."

나탈리는 일어나 피아노로 갔다. 그리고 내가 한 번도 들어

보지 못한 곡을 연주했다.

연주가 끝났을 때 내가 물었다.

"그거 소언이야?"

나탈리가 고개를 끄덕였다.

"거기서 살 수 있으면 좋겠다. 그러면 모든 게 식은 죽 먹기일 텐데."

내가 말했다.

"넌 이미 거기 살고 있어. 거기가 네가 사는 데야."

"혼자?"

"아마."

"혼자 있는 건 싫어. 나는 내가 지겨워."

"그럼 방문객을 받으면 되지. 작은 배로."

"더는 요새 지키기 놀이 따위 하기 싫어. 다른 사람들과 살고 싶어, 나탈리. 다른 사람들 따위 관심 없다고 했지만 그게 아니었어. 독불장군처럼 살 수는 없어."

"주립대에 가겠다는 것도 그래서야?"

"그런 것 같아."

"하지만 지난겨울에 네가 그랬잖아. 학교가 의도하는 것은 모두를 하향 평준화시켜서 결국 아무도 튀지 못하게 만드는 거라고. 그래서 학교가 싫다고 했잖아. 주립대도 크기만 다르지 마찬가지 아냐?"

"크기만 다르지 세상 전체가 마찬가지야."

"아니, 그렇지 않아."

나탈리가 고집스런 표정으로 말했다. 그리고 피아노로 아주 거슬리는 화음을 아주 부드럽게 연주했다.

"학교는 네가 아직 아무것도 결정할 수 없는 데라면, 나머지 세상은 네가 결정을 내려야 하는 데야. 설마 네 결정이 아무것도 결정하지 않겠다는 결정은 아니겠지? 그건 떼로 몰려다니는 애들이나 하는 짓이야."

"하지만 남들과 반대 방향으로 가는 게 이젠 정말 신물 나. 다르게 사는 게 싫어. 그래 봐야 얻어지는 게 뭐야. 나도 남들 하는 대로 하면……."

나탈리가 피아노 건반을 내리쳤다. 꽝꽝꽝꽝꽝!

"누구나 남들 하는 대로 하면서 살아. 그러면 서로 어울려 살 수 있고 혼자 있지 않아도 되거든. 인간은 사회적 동물이야. 나라고 못할 이유가 어디 있어?"

내가 말했다.

"그건 전혀 네 적성이 아니야."

나탈리가 말했다.

"그럼 나보고 어쩌라고? 도로 소언으로 가서 평생 미치광이 은둔자로 살면서 아무도 안 읽는 멍청한 글이나 쓰란 얘기야?"

"아니. MIT 가서 네가 얼마나 뛰어난지 보여 주란 얘기야."

"돈이 너무 많이 들어."

꽝꽝꽝꽝꽝!

"돈을 삼천 달러나 줬는데 애는 그래도 불평이래요."

나탈리가 말했다.

"거기서는 학부 사 년만 쳐도 만 육천 달러에서 이만 달러는 들어."

"빌려. 훔쳐. 그 멍청한 차를 팔아!"

"그건 이미 박살 났어."

내가 말했다. 말하다 웃음이 터졌다.

"박살 났어? 그 차가? 그때 사고로?"

"완전히 폐차됐어."

내가 미친 듯이 웃으며 말했다. 나탈리도 웃기 시작했다. 우리가 왜 웃는지 나도 몰랐다. 갑자기 너무 웃겼다. 전부 웃겼다. 모든 게 꼴불견으로 뒤틀려 있었는데 갑자기 나만 멀쩡해져서 꼴불견 세상을 볼 수 있게 된 기분이었다.

"우리 아빠가 보험금으로 자동차 값을 전부 보상받았어. 그것도 현금으로."

내가 말했다.

"그럼 됐네!"

"뭐가 돼?"

"일 년 공부는 해결됐네. 내년은 내년에 걱정하면 돼."

"고릴라는 밤마다 다른 데다 둥지를 틀어. 고릴라는 나무 위에 둥지를 짓고 자는데, 날림으로 엉성하게 만들어. 계속 옮겨 다니기 때문에 어차피 내일이면 다른 데다 다시 만들어야 하거든. 둥지를 바나나 껍질 같은 쓰레기로 개판 만들고 그냥 떠나 버려. 이런 게 영장류의 원칙 아닐까? 계속 옮겨 다니고 계속 집을 짓잖아. 한 번에 하나씩. 똑바로 사는 걸 배울 때까지. 적어도 바나나 껍질을 둥지 밖으로 버리는 걸 배울 때까지."

내가 말했다.

나탈리는 여전히 피아노에 앉아 있었다. 나탈리는 지난 12월에 공부하던 쇼팽 연습곡 〈혁명〉을 6초 정도 연주했다. 그러다 말했다.

"네가 하는 말을 알아듣고 싶다……."

나는 바닥에서 일어나 피아노 의자에 나탈리와 나란히 앉았다. 그리고 양손으로 건반을 뚱땅거렸다.

"봐, 나는 피아노 치는 법을 몰라. 하지만 네가 피아노를 치면 음악을 듣기는 해."

나탈리가 나를 보았다. 나도 그 애를 보았다. 그리고 우리는 입술에 키스했다. 하지만 조신한 키스였다. 길어야 6초를 넘지 않았다.

물론 이 뒤에도 얘기가 더 있다. 하지만 내가 하고 싶은 말은 다 한 것 같다. '더' 말해 봤자 그것은 다음에 일어난 일과 계속 일어나는 일에 불과하다. 매일매일 바뀌는 고릴라 둥지처럼.

다음 날 나는 책상 서랍에서 합격 통지서를 꺼내 부모님에게 보여 주었다. 그리고 자동차 보험금이면 일단 MIT에 입학할 수 있을 거라고 했다. 엄마가 화를 내기 시작했다. 엄마는 정말로 화를 냈다. 내가 엄마를 상대로 더러운 사기라도 친 것처럼. 그런데 뜻밖에 아버지가 내 편을 들었다. 아버지가 아니었으면 내가 그 상황을 어떻게 넘겼을지 모르겠다. 우리가 항상 잊고 사는 게 이런 거다. 우리는 앞날을 아는 척하지만 사실은 쥐뿔도 모른다. 당연시하던 일은 일어나지 않고, 기대도 안 했던 일들이 일어난다. 아버지는 내가 여름방학 때마다 일하고 계속해서 장학금을 받는다면, 나머지 비용을 대 주겠다고 했다. 엄마는 배신감에 떨었다. 그리고 우리 계획에 너그럽게 동조하기를 거부했다. 하지만 결국은 쩨쩨하게라도 동조할 수밖에 없었다. 집 안을 운영하는 것은 엄마지만, 엄마는 결정은 남자의 몫이라는 원칙에 의거해서 게임을 해 왔기 때문이다. 결과적으로 엄마는 의사 결정 과정에서 스스로를 뺐다. 저절로 일어나는 결정이 아니라 만들어지는 결정에서는 늘 그랬다. 물론 엄마는 저절로 이루어지는 결정을 선호한다. 이런 상황에서 엄마가 느낄 것이라고는 괘씸함밖에 없었다. 아버지가 날 옹호하지 않았다면, 내가 그 상황이 죽을 맛이었을 거다. 하지만 아버지 덕분에 괴롭긴 했어도 견딜 만했다. 그리고 엄마는 성격이 모질지 못해서, 몇 주씩이나 두고두고 골낼 사람도 아니었다. 엄마는 5월 중순쯤에는 화내는 것을 잊기 시작했다. 그다음 1, 2주 후에는 나에게 넥타이를 사주었다. 짙은 색 줄무늬의 고상한 넥타이들이었다. 엄마는 동부의 대학생들은 학교에도 넥타이를 매고 간다고 굳건히 믿었다.

나는 다시 학교 공부에 충실했고 처음으로 올A로 학기를 마쳤다. 이왕 인텔리가 되려면 골수 인텔리가 되는 편이 낫다. 나는 일자리도 얻었다. 올여름에 '비코 인더스트리스'라는 회사에서 수습 실험실 기사로 일하게 됐다.

나탈리와 나는 오뉴월에 일주일에 몇 번씩 만났다. '길어야 6초' 룰을 고수하려고 했지만 그게 항상 쉽지만은 않아서 가끔 삐걱대기도 했다. 나탈리 말마따나 우리 둘 다 가볍게 넘기는 데는 젬병이었다. 몇 번 티격태격하기도 했다. 때로 견디기 힘든 순간이 왔고, 그걸 서로에게 쏟아 놓은 탓이었다. 하지만 다툼은 5분 이상 가지 않았다. 아직은 책임질 행동을 할 수 없다는 점에서 둘 다 생각이 같았기 때문이다. 우리에게 책임 없는 섹스는 의미가 없었다. 그리고 사랑 없이는 우리도 의미 없었다. 따라서 우리가 할 수 있는 최선은 지금 그대로를 유지하는 것이었다. 둘이 함께. 그것이 가장 바람직한 최선이었다.

나탈리는 6월 마지막 주에 탱글우드로 떠났다. 앰트랙 열차를 타고 갔다. 나는 배웅 나갔다. 배웅하는 자리에 나탈리의 부모님도 있었기 때문에 좀 민망했다. 필드 씨는 아직도 나를 해충 보듯 대했다. 하지만 나는 나한테도 배웅할 권리가 있다고 생각했다. 나는 기차역 플랫폼에 어색하게 서 있었다. 필드 부인이 가끔씩 뒤로 살짝 빠져서, 나도 대충 끼어서 나탈리를 볼 수 있게 해 주었다. 그 애는 한 손에 비올라 케이스를, 다른 손에는 바이올린 케이스를 들고 등에는 배낭을 멘 탓에 거동이 자유롭지 못했다. 열차에 오르는 계단에서 나탈리는 어머니와 아버지에게 뽀뽀했다. 나한테는 키스하지 않았다. 나탈리는 나를 쳐다보기만 했다. 그리고 말했다.

"동부에서 보자, 오언. 내년 구월에."

"아니면 소언에서. 영원히."

내가 말했다.

열차가 움직이기 시작하자 나탈리는 기차 좌석에서 먼지 앉은 창 너머로 손을 흔들었다. 나는 원숭이 시늉을 하지 않았다. 나는 그냥 그 자리에 서서, 가능한 한 인간처럼 보이려 애썼다.

　주인공 오언은 수학과 과학에서 두각을 나타내지만 남들과
어울리는 데는 약한 고등학생이다. 학교는 모두를 똑같이 만드
는 기계 같고, 부모님은 오언이 그저 평범하게 살기만을 바란다.
어디에도 그를 이해해 주는 사람은 없다. 그는 자신이 바라는 게
무엇인지조차 불분명하다.

　어느 날 오언은 버스 안에서 나탈리 필드를 만난다. 나탈리는
전부터 그곳에 있었다. 오언과 같은 학교에 다니고, 오언의 집에
서 불과 두 블록 건너에 살고, 1~2학년 때는 오언과 같은 과목
도 여럿 들었다. 하지만 어느 비 오는 날 버스 안에서 나탈리의
옆에 앉기 전까지, 오언은 그녀를 의식하지 못했다.

　오언은 작곡가를 꿈꾸는 나탈리와 친구가 된다. 그녀는 오언
과 달리 인생의 방향이 서 있고, 차근차근 목표를 향해 나아간
다. 나탈리는 오언의 농담에 웃어 주고, 오언에게 남들과 똑같이
살지 않아도 행복할 수 있다고 말한다. 오언을 둘러싸고 있던
안개가 걷히고 멀리 떨어져 있던 세상이 그에게 다가온다. 하지
만 우정이 사랑의 감정으로 바뀌면서 오언은 다시 한 번 불확실

의 폭풍에 휘말리고 낯선 곳을 헤매는 고통을 겪는다. 두 청춘이 서로의 인력에 충돌하거나 멀리 밀어내지 않고 원하는 방향으로 나란히 갈 수 있을까?

《열일곱, 외로움을 견디는 나이》는 어슐러 K. 르 귄의 작품 중에서 아마 가장 짧고 가장 단순한 이야기일 것이다. 시대는 현대고, 장소는 우주도 사차원도 아닌 지구의 평범한 도시다. 주인공도 재능은 있지만 마법의 힘이나 초능력은 전혀 없다. 이 책에도 판타지 세계가 나오기는 하지만, 현실에서 탈출하고 싶은 오언의 머릿속에만 존재한다. 하지만 이 책이 주는 감동은 어느 장편소설 못지않다. 이 책은 고등학교 졸업을 앞두고 나는 누구이며 어떤 미래를 만날지 고민하는 십대의 생각을 담백하고 아름답게 그리고 있다. 자신을 외딴 섬처럼 느끼던 소년이 하늘의 별처럼 반짝이기 시작하는 과정을 담고 있다.

현재 청춘을 앓고 있는 젊은 친구들에게는 멋진 길잡이가 되어주고, 이미 어른이 되어 별무리 속에 각자의 궤도를 도는 사람들에게는 젊은 날의 일기처럼 다가오는 책이다.

2013년 7월 장마철에

이재경